GINA

oder

Ein Hundeleben
im Borderliner-Land

GINA

oder

Ein Hundeleben im Borderliner-Land

Umwelthinweis:

Das Buch wurde auf chlor- und säurefreiem Papier gedruckt.

Bibliografische Information Der Deutschen Bibliothek

Die Deutsche Bibliothek verzeichnet diese Publikation in der Deutschen Nationalbibliografie; detaillierte bibliografische Daten sind im Internet über http://dnb.ddb.de abrufbar.

1. Auflage

Umschlagsillustration, Umschlaggestaltung, Satz, Layout:
MvN-Vision, Günthersdorf (Leipzig-West)

Herstellung und Verlag:
Books on Demand GmbH, Norderstedt

ISBN 3-8334-3208-X

Printed in Germany 2005

Inhaltsverzeichnis

Vorwort

So ein Vorwort ist keine einfache Sache. Besonders, wenn man es erst zum Schluss schreibt, so wie wir beide. Wir beide, das sind mein Frauchen und ich. Ich bin die Gina, ein Köter a la Couleur.

Durch mich gelang es dem Frauchen endlich, einen Teil ihres Lebens aufzuschreiben und aufzuarbeiten. Natürlich musste ich im Buch dann auch noch meinen „Senf" dazugeben. Herausge- kommen ist dabei nicht etwa ein Kinderbuch, weil ich als Hund darin sprechen kann, wie jetzt eben zu Ihnen, sondern das etwas andere Buch mit neuem Konzept.

Das Konzept

Eigentlich gehört zu diesem Buch wirklich noch das Kinderbuch „Gina, die Geschichte eines Hundes". Warum zwei Bücher zum gleichen Thema und dann die unterschiedlichen Titel, werden Sie sich fragen. Im vorliegenden Erwachsenenbuch erfahren Sie als Erwachsener die Geschichte einer Frau, die versucht, mit ihrem Leben zurechtzukommen und der es manchmal auch gelingt.

Diese Frau, also mein Frauchen oder Mutti, wie ich sie im Buch auch nenne, identifiziert sich durch mich und mit mir um nicht zu zerbrechen. Nur dadurch war sie in der Lage, dies hier alles aufzuschreiben. Die Passagen, wo ich als Hund eine Rolle spiele und auch spreche und kommentiere, sind aber so voller Lebensfreude und Witz, dass es schade wäre, diese Hundegeschichte unseren Kindern vorzuenthalten. So entstand die Idee, ein Buch für Erwachsene zu schreiben, das den Weg dieser Frau aufarbeitet und dazu ein Kinderbuch zu konzipieren, das die Geschichte des Hundes herausgelöst erzählt. Die Gefühle, die Erwachsene und Kinder beim Lesen dabei empfinden werden, sind ähnlich oder sogar gleich. Und darüber werden Erwachsene und Kinder ins Gespräch kommen können. Das ist unser Wunsch und unser Anliegen.

Nun lesen Sie, geneigter erwachsener Leser zuerst mal unsere Geschichte, die Geschichte für die Erwachsenen. Weinen Sie mit der Frau, lachen Sie über den Hund, fühlen Sie die Wut, Verzweiflung und alles was das Leben so für uns bereit hält und entscheiden Sie sich dann, mit Ihrem Kind gemeinsam zu lesen. Jeder in seinem Buch, mit gleichen und doch unterschiedlichen Inhalten.

Über die Gefühle werden Sie zueinander kommen. Sprechen Sie darüber, fühlen Sie wieder, damit weder Ihrem Kind noch Ihnen der Bezug zum wahren Leben verlorengehen möge. Träumen Sie mit Ihrem Kind und fühlen Sie mit und durch Ihr Kind. Dann werden Sie auch nicht in die Not kommen, sich so wie mein Frauchen, in ein Land, das Borderliner-Land, zurückziehen zu müssen, um Gefühle erleben zu können.

Borderliner

Borderline heisst übersetzt Grenzlinie. Der amerikanische Psychoanalytiker W. L. Stern hat diesen Begriff Ende der 30er Jahre geprägt. Er charakterisierte damit psychische Beeinträchtigungen.

Diese psychischen Störungen schwanken zwischen Neurose und Psychose, bilden also quasi die Grenzlinie dazwischen.

Viele Borderliner führen ein über weite Strecken relativ „normales" Leben. Und dann gibt es Phasen voller Selbstzweifel, Selbsthass bis zur Selbstschädigungen, Stimmungsschwankungen oder Verlassensangst. Das Fehlen eines klaren Ich-Gefühls, stressabhängige paranoide Vorstellungen und schwere dissoziative Symptome sowie unangemessen intensive zwischenmenschliche Beziehungen kennzeichnen unter anderem diese emotional instabile Persönlichkeitsstörung.

Der aufmerksame Leser findet im Buch die extremen Verschiebungen der Einschätzung des Partners. Diese schwankt ständig zwischen Idealisierung und Ablehnung. Auch die Versuche der Manipulierung des Beziehungspartners sind für den

Leser deutlich spürbar.

Der Borderliner entwickelt eine sehr starke Abhängigkeit zum Partner. Er idealisiert ihn, solange er seine Bedürfnisse befriedigt. Erfährt er Zurückweisung oder Enttäuschung, verfällt er ins andere Extrem. Massive Angst vor Enttäuschung und Verlassenwerden führen zu übersteigertem Verhalten. Zornausbrüche, die in keinem Verhältnis zu dem auslösenden Ereignis stehen, sind ein Merkmal dafür.

Das unrealistische Streben des Borderliners nach Perfektion muss zwangsläufig zu Misserfolgen führen und damit zu Abwertung seines Selbstwertgefühls und seiner Selbstachtung. Eigenschaften wie Intelligenz oder Attraktivität akzeptiert er nicht als konstantes Gut, sondern als Eigenschaft, die immer wieder neu erarbeitet und von anderen beurteilt werden muss. Ein ewiger Kreislauf, der ihn nicht zur Ruhe kommen lässt.

Der Borderliner sehnt sich nach Ruhe und Gelassenheit, ist er aber mal allein, verliert er das Gefühl für die eigene Identität, das Gefühl für die Realität seiner eigenen Existenz. Es ist wie ein Schweben zwischen Leben und Tod. Dieses Schweben macht wiederum auch seine Existenz für ihn aus und in seinen ,,normalen" Zeiten vermisst es der Borderliner. Selbstaufgabe ist zwangsläufig für ihn die einzige immer wiederholbare Möglichkeit, sich für andere und damit für sich selbst sichtbar, fühlbar zu machen. Borderliner stehen dadurch fast ständig unter extremen inneren Druck und sind auf der Suche nach Entlastung. Diese finden sie bei Selbstverletzung oder im Suchtverhalten. Selbstverletzung hilft ihnen auch, sich in ihrem Körper, zu dem sie oft auch noch ein gestörtes Verhältnis haben, zu fühlen und dient ausserdem noch zur Selbstbestrafung. So nach dem

Motto: Ich werde bestraft, also werde ich bemerkt, also bin ich.

In schwierigen, für den Borderliner aussichtslosen Situationen gelangt er in dissoziative, hypnoseartige Zustände. Einige können diese Zustände auch bewusst hervorrufen. Dabei befinden sie sich (und reagieren scheinbar völlig normal) in der realen Situation ihrer Umwelt und sind gleichzeitig in ihrer für sich aufgebauten Schutzzone. Als dritte Person stehen sie dabei ausserhalb, beobachten und koordinieren. Diese psychotischen Episoden, wie pseudo-halluzinatorische Erlebnisse, Störungen in der Körperwahrnehmung und auf den Konfliktbereich beschränkte Denk- und Wahrnehmungsstörungen sind dem Borderliner nicht immer bewusst. Werden sie es aber, so definiert der Borderliner oft darüber seine Persönlichkeit und möchte diese „Gabe" nicht wirklich verlieren.

Ursachen für Borderline gibt es zahlreiche. Die gravierendsten sind: Entwicklungsstörungen in den ersten drei Jahren, sexueller Missbrauch, emotionale Vernachlässigung, traumatisches Erlebnisse oder Konflikte im Jugendalter. Zudem sorgen viele gesellschaftliche Veränderungen dafür, dass sich aus einer leichten Persönlichkeitsstörung eine massive Borderlinestörung entwickelt. Die Chance auf eine völlige Heilung der Borderlinestörung ist gering.

Eigentlich ...

Eigentlich wollte Frauchen mit mir zu Besuch ins Tierheim fahren. Hatte sie ja auch zu der netten Tante Becher vom Tierschutzverein gesagt ...

Da habe ich nämlich genau zugehört als die zur Kontrolle bei uns war. Ich hatte Angst, dass mich Mutti wieder mitgibt, weil ich doch meine kleinen und großen Sachen in Minchens Zimmer gemacht hatte. Dabei war eigentlich die Katze Trixi schuld. Die hat des Nachts immer die Tür zum Kinder- und Musikzimmer geöffnet. Und da bin ich hinterher marschiert. Trixi hat es sich gleich auf der Abdeckung des Aquariums bequem gemacht. ,,Ist schön warm am Bäuchlein", meinte sie nur noch und ist jedes Mal gleich eingepennt. Ich, ,,hops", auf den weichen Sessel hoch. Aber einschlafen konnte ich nicht so schnell. Mir ging noch so viel in meinem kleinen Stinkekopf herum. Jetzt müsste Frauchen hier sein und so schöne Fiepser und Jauler aus dem großen braunen Kasten hervorzaubern. Frauchen sagt dazu ,,Klavier spielen". Ist ja egal. Jedenfalls war sie nicht da und das kleine Mädchen Mine auch nicht. Und Trixi maunzte im Schlaf zufrie-

den. Sicher hatte sie gerade einen kleinen Vogel erwischt. In mir
jedoch kroch die kalte Einsamkeit herauf. Mein Bäuchlein fing
an zu grummeln und zu drücken. Durch die einsame Kälte in mir
meldete sich meine Blase und dann war es auch schon passiert.
Zum Glück habe ich es gerade noch auf den Teppich geschafft.
Der saugte das Bächlein gleich schön auf. Das Häufchen war ja
nicht so schlimm. Jetzt roch es hier wenigstens ein bisschen nach
Hund. Nach mir. Hier war ich zu Hause und wollte es bleiben ...

Beim „eigentlich ins Tierheim fahren wollen" wird es wohl
bleiben müssen, erklärte mir Frauchen beim nächsten nächt-
lichen Spaziergang: „Stefan wird seinen Geburtstag bei uns feiern. Da kommt Ali mit seiner Eva aus Österreich. Annett mit
Kindern und Mann habe ich eingeladen, das heißt, eigentlich
hat Stefan ihnen auf meine Bitte hin Bescheid gesagt. Tine mit
Tino (oder vielleicht schon wieder ein neuer Schwarm) soll kommen und natürlich Anke mit Calli. Minchen ist sowieso da. Das
andere Wochenende feiert Calli seinen Geburtstag bei uns und
'ne Woche später hat Anke, danach Mine und danach Annett."
Wäre eigentlich praktischer gewesen, Mutti hätte gleich alle auf
einmal geworfen, wäre ein Abwasch. Da haben wir Hunde es
besser. Wir kriegen meist gleich einen ganzen Wurf auf einmal.
Bloß ich nicht. Meine zwei Babys waren schon im Bauch gestorben. Degeneration, sagt Mutti. Das sei der Mops in mir.
Deshalb sehe ich auch so schlecht, (Hornhauttrübung). Es war
aber kein Mops, der in mir war, sondern der Straßenköter der
Nachbarn meiner vorigen Besitzerin. Habe ich genau gesehen.
Trotz meiner Hornhaut auf den Augen. Na gut. Mutti muss es
ja wissen. Eigentlich heißt Calli richtig Pascal und sein anderer Opa soll immer rufen: „Kalle hol mal ein Bier!". Obwohl der

Opa gar nicht gerne Bier trinkt, meint Mutti. Die muss es ja wissen. War ja mal mit ihm verheiratet. Nicht lange, so ungefähr 14 Hundejahre. Und Tine heißt richtig Christine. Und Ali ist Alexander. Beides sind die Welpen von Mutti, ich meine Frauchen. Aber die hat sechs Junge. Sechs lebende. Und alle kommen zu Stefans Geburtstag. Eine richtige Großfamilie, die Mutti da um sich schart. Komisch! Sie sagt immer sie sei „großfamiliengeschädigt" und das Leben und die Regeln in der Großfamilie hätten sie kaputt gemacht.

Wir sollten gleich in den nächsten drei Wochen, nach Tante Bechers Kontrollbesuch bei uns, ins Tierheim kommen. Ist aber gut, dass es nicht klappt. Frau Becher erzählte Mutti, dass an den Wochenenden kleine arme Hundchen aus Spanien (kommen da eigentlich die Spaniels her?) ankommen. Ich will aber Muttis einziges armes Hundchen sein. Anja ist zum Glück ein schöner Deutscher Schäferhund. „Der arme Hund!", lache ich manchmal im Stillen in mich hinein. „Schön, dass er schön ist."

„Eigentlichs" gab es in Frauchens Leben viele. Zu viele. Eigentlich wollte sie gleich am nächsten Tag weiter schreiben. So vieles drängte sich aus ihr hervor. Doch dann machte der Kreislauf schlapp. Lag es an der Dosis Tabletten, die sie wegen der ungeheuren Schmerzen geschluckt hatte und auf deren Einnahme ER sie drängte, weil es doch schon mal viel besser ging mit ihr? Oder war es der Preis für das Öffnen der Türe ins Borderliner-Land ...

Weil es ihr nicht ganz so gut ging und sie sich etwas leer und ausgebrannt fühlte, Frauchen meinte „ausgekotzt", zog sie es in Erwägung IHN auf die neu in der Küche aufgehängten Bilder hinzuweisen. Es waren schöne Bilder, endlich hatte sie es geschafft, sich von den ganz dunklen Farben zu verabschieden. Eingeweihte konnten die bestenfalls noch erahnen. ER aber auf keinen Fall. Eines der Bilder, breit über die Spüle in der Mitte der Wand, hinter der sich die Dusche befand, gehängt, assoziierte in leuchtenden Farben den Kurpark von D, den sie oft während ihres 3-wöchigen Kuraufenthaltes nach der Wirbelsäulen-OP durchwandert hatte. „Schön. Schön bunt.", meinte ER. ER sagte noch etwas, was in ihren Ohren mehr als abfällig klang und sie sofort aus ihrem Gedächtnis strich. Darin war sie Meister, Meister im Verdrängen. In ihr wuchs trotz der Zurückweisung der Wunsch SEINE Meinung zu hören. Eine kleine Wohlgefälligkeit zu erhaschen für ihr Tun. Sie wollte mit IHM eine Einheit um der Sache willen und um ihrer beider Liebe willen. Und so zeigte sie IHM die gedruckte erste Seite. Und um dieser Seite und ihrer Bitte, sie anzusehen, Wichtigkeit zu verleihen, bat sie IHN im Vorhinein um SEINE Meinung. „Niedlich", murmelte er vor sich hin. Seine Augen hatten sich nicht einmal vom Blatte gelöst, als er sie sich durchlas. Das hatte sie beobachtet und aufgeatmet. Dann lange Pause. „Wie meinst du das, ‚niedlich', ich möchte es gern genauer wissen. Deshalb habe ich DICH doch gefragt!", machte sie IHN groß und wichtig.

Genau in diesem Augenblick hatte sie das untrügliche Gefühl, wieder einmal an der Türe in ein anderes Land, ich denke in ein anderes Sein, zu stehen. Die Tür war nur angelehnt und verzweifelt fast, stieß sie sie auf. Nur für ein kleines Stück reichten ihre Kraft und ihr Mut. (Oder war es mehr die Verzweiflung?) Gerade eben so viel, dass sie ihren Fuß dazwischen stellen konnte. So stand sie nun, den einen Fuß im Diesseits und den anderen im Borderliner-Land. Sie hatte die Tür aufstoßen müssen, denn sonst hätte sie geschrieen. Geschrieen über so viel Ignoranz, Oberflächlichkeit und Kälte. Jetzt konnten ihr SEINE Worte nicht mehr so viel anhaben: ,,Na, du hast das ganz niedlich geschrieben, so für Kinder eben. Weil der Hund doch sprechen kann." Punkt. Und nichts weiter. Seine Worte trafen sie. Es war ihr kalt. Nur ein Sonnenstrahl aus dem Borderliner- Land erwärmte sie durch die geöffnete Tür. ,,Ach, wenn du wüsstest", dachte sie. ,,Ich bin stärker als du denkst. Ich werde besser sein, als du es je für möglich gehalten hast. Ich schreibe ein Buch. Das Buch. Erwachsene, die Kind geblieben sind und sich auf der Suche ins Borderliner-Land befinden, fühlende Menschen, werden es lesen. Sie werden begreifen, dass sie nicht alleine sind auf dieser DEINER Welt. Und die Kälte wird ihnen nichts anhaben können, denn ich habe die Kälte gespürt und ihr die Kraft genommen. Ich stehe jetzt zwischen den Welten. Ja, du kannst mich sehen, noch. Aber wenn ich will, verlagere ich mein Gewicht und bin mehr auf der anderen Seite. In meinem Land. Im Land der erfüllten Sehnsüchte. Im Lande der Dunkelheit, in dem die Sonne scheint und mich erwärmt. Aber das begreifst du nicht. Armer, du. Ich komme zurück. Bin immer bei dir geblieben, trotz Eis und Schnee und Herzenskälte. Ich glaube, du brauchst mich mehr als ich dich. Also komme ich zurück, wie so viele Male. Aber die Türe lasse ich offen."

Nie mehr, so schwor sie sich, wollte sie IHM eine Seite zum Lesen geben, ehe nicht das ganze Buch fertig ist. Gedruckt und verlegt in ihren Händen. Dann würde sie sagen: ,,Sieh her, das bin ich. Ich liebe dich." Danach, so stellte sie es sich vor, würde sie ins gelobte Borderliner-Land abtauchen. Und ER würde endlich begreifen und nachkommen. Den Ballast der Realität abwer-

fend würde ER auf sie zugehen, Verstehen in den Augen, den
dunkelbraunen lieben, die sie so mochte.

Hand in Hand und eins im Stillen können beide zusammen
nun das Land verlassen in die raue Wirklichkeit. Seine Tränen
schmelzen das Eis um sein Herz und hauchen ihrer Seele neues
Leben ein. Und immer dann, wenn sie es wollen und brauchen,
können sie zusammen durch die Tür gehen. Denn die Tür bleibt
offen. Offen für beide.

Es ist die Zeit
der Enthüllungen

2003 – Bohlen und seine „Anstecknaddel" auf der Buchmesse, wer hätte das gedacht! Und eine Nation hält den Atem an und kauft und kauft ...

Dieses Buch hier ist nicht zum Kaufen geschrieben, nicht zum Kaufen und nicht zum Geldverdienen. Es ist geschrieben, weil die Zeit reif ist. Reif für Enthüllungen und reif für das Beantworten von Fragen. Eine Frage ist sicherlich, mit wem Sie es hier zu tun haben. Was soll ich da anderes hören lassen als Antwort als ein kleines ganz leises: „wuff".

„wuff" klein geschrieben, denn ich bin recht klein. So eine Mischung aus Mops und Yorkscher Terrier. Mein neues Frauchen sagt immer: „Das ist ein Mopsterrier." Sicher denkt sie dabei an ihr erstes Hundchen, den Struppi. Das war nämlich einer, ein Foxterrier, meine ich. Klingt ja auch so ähnlich. Und jetzt ist die Frage, ob Sie überhaupt weiter lesen wollen. Sie sind doch nicht verrückt und lesen etwas, was Ihnen ein Hund erzählt. Ein Kind sind Sie auch schon lange nicht mehr, dass Sie daran glauben, dass ein Hund sprechen kann. Noch dazu so einer wie ich.

Ich bin der hässlichste Hund im ganzen Tierheim. Jetzt haben Sie doch weitergelesen. Jedenfalls bis hier her. Sie kommen eben nicht von mir los.

So ging es Frauchen auch. Wie so oft stöberte sie die Tierheimseiten des Internets durch. Natürlich die Tierheimseiten. Den Grund dafür konnte sie eigentlich gar nicht sagen, wusste sie doch, dass R., ihr Mann, nie zustimmen würde, noch ein Tier anzuschaffen. Aber ich glaube das war es nicht, was sie bewegte, sich diese traurigen Augen der verlassenen Tiere anzusehen.

Manchmal war es ihr, als suche sie den Schmerz, den ihr das fremde Unglück bereitete, um das eigene erträglicher zu finden. Oder sie suchte SICH in den Tieren. Kam sie sich doch auch ach so oft einsam, verlassen und zurückgestoßen vor. Ich denke jedoch, sie suchte in Gedanken mehr den Kampf mit ihrem Mann. Den Kampf mit und um ihn, den sie doch so sehr liebte. Ihren Mann, meine ich. Denn von dem Kampf den sie nun schon Jahre führte, ahnte sie nichts. Es war ihr gar nicht bewusst. Na, jedenfalls sah sie mein Bild. Und es ließ sie nicht mehr los. Sie erzählte allen von mir. Nach einer Woche, nach der zweiten und nach der dritten Woche war mein Bild immer noch in der Vermittlungskartei. Sie ging mit meinem Bild vor Augen ins Bett, träumte von mir und stand morgens mit meinem Bild vor Augen wieder auf. Dann hielt sie es nicht mehr aus und schickte eine Mail ans Tierheim.

Denken Sie jetzt bloß nicht, ein Hundchen wie ich weiß nicht was eine Mail ist! Na gut, zuerst dachte ich auch, das hat was mit dem weißen Pulver aus der Küche zu tun, was überhaupt nicht schmeckt und in der Nase zum Niesen reizt. Aber jetzt weiß ich Bescheid. Habe selber schon eine an mein altes Tierheim geschrieben. Doch dazu später. Mutti schrieb sich die ganze Liebe zu mir, die Sehnsucht nach solch hässlichem Geschöpf von der Seele.

Voll Trauer und Entsetzen habe ich das Bild der kleinen Gina gesehen. Ist dieser kleine Pechvogel schon vermittelt? Das Bild lässt mich einfach nicht mehr los, nicht mehr in Ruhe schlafen. Wenn niemand will, würden wir uns gern um Gina kümmern. Wir wohnen in H., am Stadtrand in einem kleinen Häuschen mit großem Garten. Unsere liebe dreijährige Schäferhündin Anja, die schon zwei Jahre bei uns ist, bekamen wir vom Tierschutzverein. Sie ist lieb und fürsorglich zu Kindern, zu unserer Katze Trixi, die jemand als Baby im vergangenen Herbst über unseren Zaun geworfen hatte, zu unseren Meerschweinchen Tine, Andy und deren vier Kindern und zu unserem schlappohrigen Zwergkaninchen Billi.

Bei uns geht es trotzdem sehr ruhig zu. Von unseren sechs Kindern ist nur noch Nesthäkchen Jasmin, 7 Jahre, im Haus. Sie ist ein ruhiges und sehr bewusst handelndes Kind, sehr tierlieb und verantwortungsvoll. Mein Mann ist Lehrer an der Waldorfschule. Ich bin Grundschullehrerin. Zur Zeit kann ich nicht arbeiten gehen, weil ich an der Wirbelsäule operiert wurde und noch kaum Besserung eingetreten ist. Entweder werde ich später nur stundenweise wieder arbeiten können oder gar nicht. Ich hätte also genügend Zeit für die kleine Gina.

Herzliche Grüße
Simone Nic

Und doch kann es nicht die Liebe zu mir hässlichem Geschöpf allein gewesen sein, die sie die Nachricht gleich abschicken ließ, ohne noch einmal nachzulesen. (Später erschrak sie wegen der Klarheit ihres Wollens) Ahnte sie vielleicht in ihrem Innersten, dass es wieder einmal der alte Kampf werden würde mit ihrem Mann? Und dann kam die Antwort vom Tierheim:

Sehr geehrte Frau Nic,

vielen Dank für Ihre Mail. Ja, die kleine Gina ist wirklich ein Pechvogel, dabei ist sie eine ganz Liebe. Sie ist nicht besonders ansehnlich, klar, bei den Fellproblemen. Allerdings sieht sie jetzt schon viel niedlicher aus, nachdem das Fell wieder gewachsen ist (Sie kam nach der Räude ganz nackt zu uns, mit Haut wie Leder). Sie war bereits einmal vermittelt, aber die Frau brachte sie wieder, weil Gina sich immer mal kratzt.
Aber Gina hat Ausstrahlung, sie hat was in ihrer Art, so dass eigentlich viele sie mögen. Sie hatte auch noch eine Schwangerschaft als sie zu uns kam,

*die beiden Welpen sind im Mutterbauch gestorben
und mussten per Kaiserschnitt geholt werden. Also,
Gina hatte wirklich ganz viel Pech. Aber sie ist trotzdem ganz lebensfroh und agil.*

*Was sie so von sich schreiben, klingt nach viel
Tierliebe. wäre sehr schön für Gina. Also, wenn Sie
wollen, kommen Sie doch einfach bei uns im Tierheim vorbei und schauen sie sich die kleine Gina an.
Wenn sie Ihnen symphatisch ist, wir würden sie gerne in guten Händen wissen.*

*Viele Grüße, ich warte gespannt auf Ihre Antwort
Eva Becher*

An den Kampf mit ihrem Mann dachte Frauchen schon. Jedoch nicht mit der letzten Konsequenz. Natürlich wusste sie,
dass es nun wirklich genug Tiere waren, die sie hatte. ER hatte ja recht irgendwie, wenn ER meinte, es würde zu viel. Auch
dachte ER wirklich, sie sammele Tiere aus irgend einem Grund.
So etwas gab es ja. Das hatte ER im Fernsehen gesehen. Davor hatte sie auch Angst, so ein Sammler von altem Plunder,
Zeitungen, Aufzeichnungen und eben auch Tieren zu sein.

Seine Mutter hatte Zeitungen und Artikel und so etwas ge-
hortet. War sie auch schon so? Doch all das traf nicht den Sinn.
Es ging um den Kampf. Und der spielte sich in ihr selbst und
natürlich auch mit IHM oder besser gegen IHN ab.

Jedes Mal, ehe ein neuer tierischer Hausgenosse einzog gab
es diesen Kampf. Sie wollte. ER wollte nicht. ER brauchte kein
Tier um sich. Nicht eins. Manchmal brauchte ER nicht mal ein

menschliches Wesen um sich. Das machte sie traurig. Damit war ER so weit weg aus ihrem Land, aus ihrem Borderliner-Land, dass sie sich als Schutzzone für sich und ihre verletzte Seele geschaffen hatte. ER war so weit von ihr entfernt, dass es schmerzte. Und immer wieder hoffte sie und stellte es sich vor, wie ER doch einmal, ein einziges Mal nur, ihr dorthin folgen würde. Und so träumte sie den Traum von dem sie wusste, dass er sich doch nie erfüllen würde.

ER würde das Bild von mir dem hässlichen Köter ansehen. Ihr Mitleid wäre das seine. Ihre Trauer um das arme Tier, die in Wirklichkeit der Schrei ihrer geschundenen Seele war, würde von IHM erhört werden.

Endlose Diskussionen schlossen sich an. Wie immer. Sie wollte mich. ER nicht. Sie grübelte. Nicht etwa darüber, wie sie ihn doch noch ,,rumkriegen" könnte. Nein, sie überlegte, wie sie mein Bild aus ihrem Kopfe ausradieren könnte. Sie liebte IHN doch so sehr und wollte nur seine Liebe spüren. Brauchte sie dafür mich, den hässlichen Köter? Sie verstand die Welt nicht mehr. Nicht die Welt da draußen und noch weniger die in sich drinnen. Was war nur los mit ihr?

Sie war im Keller. Die Wäsche machen, wie sie immer sagt. Da traf es sie wie ein Blitz. Das Verstehen. Die gleiche Situation war es, der ewige Kampf. Sie durchlebte sie zum aberhundertsten Mal.

Es war vor Jahren. Sie war mit IHM verheiratet. Das jüngste Kind gerade mal ein dreiviertel Jahr alt. Ihre Regel war ausgeblieben und der obligatorische Gang zum Frauenarzt stand an. ,,Sie wissen doch, dass sie ein biologisches Wunder sind, Frau Nic. Bei ihnen braucht doch nur eine Unterhose ihres Mannes am Bettgiebel zu hängen, da sind sie schwanger!", meinte die Frauenärztin zu ihr. Sie nahm die Nachricht mit Freude auf, denn wohlweislich hatte sie sich ins Borderleiner-Land geflüchtet. Dort blieb sie auch, den Bauch im blaugeblümten Hängerkleid herausgestreckt, auf dem Weg in seine Schule. Jäh riss ER sie heraus. Sie brauchte nur in sein entsetztes Gesicht zu sehen. Doch am schlimmsten fand sie die Art wie ER fragte: „Du hast doch nicht etwa gedacht, das wir es bekommen werden! Hast du der Ärztin gleich gesagt, dass das nicht geht! Wir haben doch schon vier Kinder. Hast du dir gleich einen Termin für den Abbruch geben lasen!". Es waren keine Fragen. Es waren Auf- nein Anschreie. Zu Hause kämpfte sie noch. Für das Vierte hatte sie auch gekämpft. War mit der Gabel auf ihren Vater losgegangen als er zu IHM gesagt hatte: „Du weißt nicht, was du mit ihr machen sollst, ich hätte sie an den Haaren ins Krankenhaus geschleift." Auch für das Erste hatte sie gekämpft. Da hatte ihr Vater während der ganzen Schwangerschaft nicht mit ihr gesprochen.

Und für die Zweite. Da wurde sie von der Großfamilie zur Abtreibung ins Krankenhaus geschickt. Eine angeheiratete Tante arbeitete als Krankenschwester beim Frauenarzt. Die machte das schon. Doch sie blieb nicht im Krankenhaus, packte ihre Sachen gar nicht erst aus, sondern fuhr mit dem Bus zu ihrem ersten Mann (sie war schon mal verheiratet), der doch gar nicht der Vater des werdenden Kindes war. Ihm war es egal, hatten sie sich doch beide vorgestellt, später einmal einem fremden Kind ein zu Hause zu geben. So wie man ihnen beiden ein zu Hause gegeben hatte ...

So kämpfte sie also auch für ihr fünftes Kind. Das Kind des

Mannes, den sie über alles liebte. Sie kämpfte so lange, bis sie es nicht mehr ertragen konnte IHN anzusehen, wie er so dastand, verzweifelt und wortlos leidend. Auf dem Weg ins Krankenhaus, ER hatte plötzlich wieder Elan und Kraft, zerrte ER sie die Straße entlang. Die Tränen liefen ihr übers Gesicht, sie weinte und schluchzte. Sie bettelte und wimmerte. Die Leute drehten sich nach dem seltsamen Paar um. Ein paar Krankenschwestern fragten, ob sie helfen können. Nein, meinte ER, es sei nichts weiter und das schaffe er schon allein. Und allein war sie. Schrecklich allein. Auch im Krankenhaus fragte niemand, ob sie es denn überhaupt wolle, dieses Schreckliche, die Abtreibung. Und so ließ sie es geschehen ...

Die Abschlussuntersuchung musste verschoben werden. Vor dem Untersuchungsstuhl brach sie zusammen. Den Verwandten hatte man erzählt, es war wieder mal eine Ausschabung fällig.

Die Zeit danach war auch schwer für IHN. Für IHN war die Welt zwar so weit wieder in Ordnung, doch er wusste nicht, wie er mit ihr umgehen sollte. Es war ihr unerträglich, sich von ihm berühren zu lassen. Kam ER ihr näher, glaubte sie das Gesicht des ungeborenen Kindes vorwurfsvoll auf sich gerichtet zu sehen. Es war die Hölle ...

Diesen Kampf, der sich für sie am qualvollsten als Weg zum Krankenhaus darstellte, kämpfte sie nun schon viele Jahre ihrer Ehe ohne es zu wissen. Erst jetzt hatte sich ihr der Sinn erschlossen. Dadurch, dass sie für mich kleine Hundeseele kämpfte, war es ihr bewusst geworden. Das musste ER erfahren. Vielleicht wird dann alles anders, dachte sie. Und so schrieb sie IHM in dieser Nacht nach dem Zusammenbruch im Keller diese Zeilen:

Mein lieber Schatz!

Ehe ich zu dir ins Bett komme, werde ich dir auf-
schreiben, was heute passiert ist, was in mir vorgeht.
Ehe ich es nicht losgeworden bin, werde ich nicht
schlafen können. Und reden ist so sehr schwer.
Ich hatte heute einen Zusammenbruch, Nerven-
zusammenbruch sagt man wohl. Es war genau wie
damals in Schwerin, als mir einfiel, dass ich mehr-
mals vergewaltigt wurde. Ich hatte es verdrängt.
Ich weiß nun, warum ich den kleinen Hund retten
will und für ihn kämpfen muss. Denn wenn ich es
nicht mehr tue, wie damals, aus Liebe zu dir, als
ich dir gehorchte und mich zur Abtreibung bringen
ließ von dir, dessen Kind es doch war, werden die
schrecklichen Bilder immer wieder kommen. Deshalb
konnte ich jahrelang nicht so lieb zu dir sein, wie
ich es wollte und fühlte. Und weil das jetzt schon
besser geht, sind die Erinnerungen, warum das so
ist, plötzlich gekommen. Ich hätte damals kämpfen
müssen.
Deshalb muss ich es jetzt tun. Und vielleicht er-
füllt sich heute mein größter Wunsch, dass du vor
dem Krankenhaus umdrehst und sagst: ,,Wir schaf-
fen das schon, es ist doch dein Kind" Deshalb dieser
blinde Hund. Der Kampf darum ist wie der Weg zum
Krankenhaus und dein Ja zum Hund wäre das Um-
drehen.
Ich liebe dich doch so sehr, aber wenn ich dies-

mal nicht kämpfe, werde ich den Weg zum Kranken-
haus noch hunderte Mal gehen und weil ich dich lie-
be, werde ich allein gehen. Nur weiß ich jetzt, warum
das alles so ist. Ich will dass es aufhört, dieses Weh-
tun!

Bitte hilf mir. Sag, wir schaffen das.
Bitte
Ich liebe dich so sehr.
Simone

Der lange Weg
nach Hause

Am nächsten Morgen wagte sie nicht, IHM ins Gesicht zu sehen. Die Angst, dass ER sie falsch verstanden haben könnte, schnürte ihr den Hals zu. ER versuchte seinerseits ihr seine Betroffenheit nicht spüren zu lassen. Als ER sich dann von ihr verabschiedete, sie in seine Arme nahm um ihr einen Abschiedskuss zu geben, das tat ER in letzter Zeit häufiger, brach es aus IHM hervor: „Lass uns heute Abend darüber reden. Du sollst mir doch nicht gehorchen. Ich war so erschrocken, als ich das gelesen habe." Da konnte sie ihre mühsam zurückgehaltenen Tränen nicht mehr bremsen. Sie fühlte sich in diesem Augeblick IHM so nah, nichts trennte sie mehr. „Ich hab dich doch so sehr lieb. Ich überlege so oft, bei fast allen Sachen, die ich mache, ob es dir so recht ist. Ich lege dir das weiße Brettchen zum Essen hin, ich frage dich, ob dir dies oder jenes recht ist ..." Sie merkte nicht, dass sie sich stammelnd wiederholte, aus Angst, ER könne ihr schon in den nächsten Sekunden nicht mehr zuhören.

Aber ER merkte es. ER hatte mit ihr zusammen die Tür zum Borderliner-Land weiter geöffnet. Da erkannte ER sie in ihrer ganzen Verzweiflung, ihrer unbändigen Liebe zu IHM und ER fühlte seine Verantwortung. Hatte ER doch am Anfang ihres gemeinsamen Weges gesagt: „Jetzt bist du noch ein kleines Mädchen, trotz deiner zwei Kinder, ohne Selbstbewusstsein und ohne Selbstwertgefühl. Ich weiß, dass es für unsere Beziehung schwerer werden wird, wenn du sicherer geworden bist. Doch ich will dir dabei helfen." ER erklärte ihr noch, dass es doch nur eine seiner kleinen lustigen Macken wäre, wenn er das weiße Frühstücksbrettchen für sich wollte und den anderen gelbe gab. Etwas was doch gar nicht wichtig und völlig ohne Bedeutung wäre. „Wir reden heute Abend über alles.", wiederholte ER. „Mach dir jetzt keine schweren Gedanken mehr, wir reden noch mal über den Hund, deine Gina."

Den ganzen Tag über dachte sie an den kommenden Abend. Sie hatte gar nicht so viel Angst davor, wie sonst immer, wenn irgendwas war. Manchmal kamen ihr die Tränen ziemlich heftig, wenn sie an die Abtreibung dachte, denn darüber würden sie auch sprechen müssen. Abends guckten sie wie immer das Abendprogramm im Fernsehen. Jeder schien mit seinen eigenen Gedanken beschäftigt, wartend, dass der andere anfängt zu reden und froh doch, dass es der andere nicht tut. Da sagte ER, dass er nun bald ins Bett wolle. Sollte sie endlich zu reden anfangen?! ER animierte sie dazu. Seine zärtlichen Worte hörte sie nicht. Seine Liebe umfing sie. Und sie flog durch die geöffnete Tür. Würde ER ihr folgen?

Sie sah IHN nicht hinter sich, sie fühlte, dass ER da war.

Und endlich löste sich die Erstarrung in ihr. Unter Strömen von Tränen ergoss sich ihr ganzes Leid und Weh, dass sie so viele Jahre mit sich allein herumgetragen hatte, in ihre gemeinsame Welt. Und ER verstand, nahm zumindest ihre Gefühle wahr und empfand sie ein Stück mit ihr. ER nahm ihr die Last ab und half ihr, sie zu tragen. Und die Last wurde leichter. Gemeinsam würden sie es schaffen. Diesen Satz hatte sie gebraucht. Damals auf dem Weg ins Krankenhaus.

In der realen Welt zurück, wollte ER von ihr noch einige psychologische Erklärungen. Sie sprach davon, dass der Kampf zwischen ihr und IHM, den sie beide um das Leben oder Sterben ihres gemeinsamen fünften Kindes ausgetragen hatten, sich in den kleinen Kämpfen um ein neues Tier wiederholte, und dass es nach dem kleinen hässlichen Hund vorbei sein würde, so hoffe sie. Denn nun würde sie ja wissen, warum das alles so war. ,,Ihr Wort in Gottes Ohr", wird ER da gedacht haben. Jedenfalls ging gleich am nächsten Tag eine Mail ab zum Tierheim:

Liebe Frau Eva Becher,

wir würden Gina gern am Freutag oder Sonnabend zu uns holen. Jetzt ist aus dem Freitag schon ein Freutag geworden. Da sehen Sie mal wie mir zu Mute ist. Hoffentlich fühlt sich die kleine Maus bei uns wohl. Wir werden jedenfalls alles dafür tun. Wir haben nette Nachbarn, die uns helfen, ganz nette Leute, die auch unsere Schäferhündin Anja täglich zum Toben abholen und betreuen, wenn wir mal nicht da sind und wir können uns auch Rat und Hilfe ho-

len bei Anjas Hundelehrer, aus der Hundeschule, die wir mit ihr besucht haben. Ich bin auch kein Mensch, der so leicht aufgibt, wenn es mal ein paar Schwierigkeiten gibt. Wohlbedacht ist auch alles, deshalb hat es auch so lange gedauert, bis ich mich wieder gemeldet habe. Trotzdem möchte ich auch die Gewissheit haben, was mit Gina wird, wenn doch unüberwindbare Hindernisse auftreten sollten. Glauben Sie bitte nicht, ich will mir ein ,,Hintertürchen" aufhalten, ich weiß, wie schlimm es für ein Tier ist, wenn es wieder abgeschoben wird. Also, deswegen, weil sie sich kratzt oder ähnlichen Schwachsinn werden wir unsere kleine Gina nicht wieder hergeben. Falls sie sich aber nicht eingewöhnen kann oder sich bei uns nicht wohlfühlt, obwohl wir alles dafür tun werden und wir auch Sie dabei um Rat fragen werden, bitte ich Sie, Gina wieder zurückzunehmen. Oh Gott, ist mir dieser Satz jetzt schwergefallen. Aber ich möchte, dass es Gina wirklich gut geht.

Bis zum Wochenende!
Ich freue mich schon!
Ihre Simone Nic und Familie

Und dann war es soweit. Mein Frauchen kam, um mich zu holen. Jetzt sollte ich endlich ein richtiges zu Hause bekommen. Ein zu Hause für immer. ER kam auch mit. ER musste schließlich das Auto fahren. Im Auto saß auch noch das Minchen, die kleine Tochter von Frauchen. ER grummelte die ganze Fahrt über, dass er sich das hätte mal nie träumen lassen, dass er in seinem Auto einen Hund befördern würde. Noch dazu so einen hässlichen. Frauchen litt unsagbar die ganze Fahrt über. Wie befürchtet und vorausgesagt durchlitt sie die ganze Fahrt über den Weg ins Krankenhaus. Der Gedanke daran, dass es heute anders ausgehen würde als damals ließ sie es durchhalten. Und dann waren sie alle drei in dem Ort, von wo sie mich abholen wollten. Zunächst verfuhren sie sich etwas. Mutti hatte Angst, dass das Verfahren SEINE Laune sehr verschlechtern würde. Dann wäre alles umsonst. Die Tierheimleute würden mich ihr nicht mitgeben, wenn ER eine unbedachte Äußerung machen würde. Der Trost: „Sie haben doch schon genug Tiere", von den Tierheimmitarbeitern wäre das Schlimmste, was ihr passieren könnte. Genauso hatte die Ärztin im Krankenhaus reagiert.

Frauchen war wieder schwanger gewesen, bekam aber eine äußerst schwere Virus-Lungenentzündung. Sie wollte keine Medikamente und keinen Arzt. ER ließ sich damals darauf ein, was er später immer wieder mit Erschrecken bedauerte. Aber sie hatte Angst um das ungeborene Kind in ihrem Bauch. Als es dann nicht mehr anders ging, trugen sie die Sanitäter die Treppe hinunter, sie wohnten damals im fünften Stock. Elf Wochen war sie damals im Krankenhaus. Immer wieder sagte sie, dass sie nur Medikamente nehmen wolle, die dem Kind nicht schaden würden. Sie bekam Medikamente und die Frage, woher sie denn wisse, dass sie schwanger sei, sie habe Schmierblutungen und beim Frauenarzt sei sie zur Feststellung der Schwangerschaft noch nicht gewesen. Sollte sie diesen Schwestern erzählen, dass sie nach dem letzten Frauenarztbesuch zur Feststellung einer Schwangerschaft hatte abtreiben müssen? Sei es wie es sei, sie solle sich zur Untersuchung beim Frauenarzt bereit halten. Man werde eine leichte Narkose vornehmen.

Frauchen wollte wissen, ob die Narkose auch ja nicht dem Kind in ihrem Bauch schaden würde. „Machen sie sich da nur keine Gedanken," sagte man ihr. Und dann nahm man ihr das Kind. Die Ärztin, die ihr das im Nachhinein mitteilte, meinte dann zu ihr: „Seien sie doch froh, sie haben doch schon so viele Kinder." In Frauchen war etwas gestorben, ein Teil ihrer Seele. Sie konnte weder schreien noch weinen. Sie hatte nicht die Kraft, das noch einmal durchzustehen. Deshalb durfte ER heute keine dumme Bemerkung machen. Sie wollte mich. Mich, den hässlichsten Hund im ganzen Tierheim. Deshalb stimmte sie auch zuerst zu, als ER meinte, er könne ja solange im Auto sitzen bleiben. Später bat sie IHN, doch mit rein ins Tierheim zu kommen, es könne einen schlechten Eindruck machen, wenn ER im Auto warten würde.

Und dann standen sie alle da. Ich versteckte mich noch ein bisschen. Aber die Betreuer des Tierheims und Frauchen, ER und Minchen begrüßten einander. Nun kam mein großer Auftritt. Ich tat so, als merkte ich nichts. „Haben sie sich Gina so vorgestellt?", wurde Frauchen gefragt. Frauchen meinte, dass sie sich gar nichts vorgestellt habe, dass es ihr egal sei. Sie wolle mich, weil ich so ein trauriges Schicksal habe. Nur gut, dass ER nicht zu Wort kam. Der hätte doch bestimmt gesagt, dass er sich mich so hässlich weiß Gott nicht vorgestellt hatte. Frauchen nahm mich auf den Arm und ließ mich nicht wieder runter. Wollte ich auch nicht. Wir gingen alle ins Büro, um den Schriftkram fertig zu machen. ER könne ruhig schon ins Auto gehen. Den Wink mit dem Zaunpfahl, so sagt man wohl, hatte ER verstanden. „Ich gehe dann mal schon, will noch eine rauchen", meinte ER. Daraus wurde aber nichts. Während wir im Büro saßen, musste ER sich das ganze Tierheim ansehen. Ein stolzer Mitarbeiter des Tierheimes ließ IHN nicht aus seinen Fängen. ER war recht interessiert und staunte über die Tierliebe mancher Menschen. Das gab IHM zu denken. Wie die Heimfahrt verlief teilte ich meinen Tierheimfreunden in meiner ersten Mail mit:

Liebe Tierfreunde,

heute will ich euch mal schreiben wie es mir ergangen ist. Mein neues Frauchen, die Mutti, hat mich die ganze Fahrt über im Arm gehalten, weil ich vor Angst und Aufregung so gezittert habe. Nach einer Weile habe ich keine Angst mehr gehabt aber weiter gezittert, weil es im Arm so schön war. Nach der Ankunft, wir sind das letzte Stück gelaufen, damit ich meine Umgebung kennen lerne und pullern sollte ich auch, (habe ich aber nicht, kann doch nicht gleich vor der neuen Familie so etwas machen), habe ich schön gebadet und mit dem Babyöl hat mich Frauchen auch eingeschmiert. Ich habe vielleicht gestunken. Die Anja, der große Schäferhund von Mutti hat mich beschnuppert und dann verwundert den Kopf geschüttelt und überlegt: „Das ist aber komisch, riecht wie ein Baby und sieht aus wie ein Meerschwein." Die Katze Trixi hat einen Satz gemacht, der stank ich wohl immer noch zu sehr. Mittlerweile gehen wir drei mit Frauchen spazieren. Da staunen immer alle. Am meisten hat Frauchen mit Tri-

xi zu tun. Die bleibt immer zurück und setzt sich dann mitten auf die Straße und schreit. Wenn Frauchen zu Anja sagt: ,,Steh, Auto!", müssen wir alle warten, dann kommt eine Gefahr. Das kann ich auch schon alleine. Und ,,Sitz" mache ich auch. Ich weiß jetzt, dass ich in Frauchens Garten pullern darf und große Sachen auch. Mache ich aber lieber mitten auf die Straße, ist ja schade um den schönen Rasen, den fresse ich lieber. Das darf ich auch, das mit der Straße, nur Anja nicht, sie ist ja schon groß. Ich habe auch die wichtige Aufgabe, Frauchens Mine, das kleine Mädchen, zur Schule mit Mutti zu bringen und wieder abzuholen. Da müssen wir mit so einem großen Brummding fahren, ich glaub es heißt BUS. Ist aber gar nicht so schlimm, weil ich da ja auf Frauchens Schoß sitzen darf. Damit ich das Jucken vergesse, hat mir Mutti eine Möhre, einen Brotkanten und ein Schweineohr gegeben. Beim Onkel Doktor waren wir auch schon. Der ist ganz lieb. Frauchen bekam so ein Spritzding mit Stinkezeug, dass es mir nicht mehr krabbelt. Wenn ich mit Nagen an meiner Pfote anfange, ruft Frauchen: ,,Gina!", da weiß ich schon, was kommt und halte ihr mein Pfötchen hin. Am meisten freue ich mich, wenn wir wieder nach Hause gehen und Mutti sagt: ,,Jetzt bist du wieder zu Hause, meine Gina!", Da freue ich mich so sehr, da wackelt mein Schwänzchen von ganz alleine und ich fange an Quatsch zu machen. Da habe ich Frauchen vor Übermut schon paar mal in die

Nase gezwackt. Sie hat aber nur gelacht. Ich darf das auch mit ihren Fingern, wenn sie sagt: ,,Komm meine kleine Maus, spielen". Muss jetzt Schluss machen, darf hier bleiben, Frauchen meldet sich bei euch.

Eure glückliche kleine Gina, die Hyäne(sagt Stefan). Die kleine Süße, (sagt Mutti), die arme kleine Maus (sagt Vati)

Wachsendes
Selbstbewusstsein

Je wohler ich mich fühlte, um so selbstbewusster wurde ich. Frauchen merkte es daran, dass ich nach einiger Zeit beim Pullern das Beinchen hob. Manchmal das rechte, manchmal das linke und manchmal beide gleichzeitig. Dann fiel ich um. Frauchen lachte und meinte, ich tue das, um meine Füße nicht nass zu pullern. Das war ihr nämlich schon mal selber passiert. Da waren Mutti und ER mit der großen Tochter Anke auf Jugendweihefahrt in Bad D.. Genau dort wo Mutti Jahre später zur Kur wegen ihres Rückens hin musste. In DDR-Zeiten bekam man nicht so einfach ein Hotelzimmer. ER und Mutti wollten aber gern als Jugendweihefahrt was ganz besonderes für ihre Große, deshalb durften auch die jüngeren Geschwister nicht mitfahren. Wäre auch zu teuer geworden.

Nun war Mutti zu dieser Zeit aktives Mitglied einer kleinen Partei. Die Arbeit im Kinderhort füllte sie geistig nicht

aus, hatte sie doch das Lehrerstudium trotz zweier Kinder mit
„gut" absolviert. Der damalige Kaderchef der Abteilung Volks-
bildung sagte ihr aber als sie zum wiederholten Male vorsprach:
„So lange ich hier Kaderchef bin, werden sie nicht als Lehre-
rin eingesetzt!". Zuerst war sie in Tränen aufgelöst und suchte
die Gründe bei sich und nur bei sich. Später dann fand sie sich
mit dem für sie unabänderlichen ab und suchte sich ein weiteres
Betätigungsfeld. Das war eben diese kleine Partei der Handwer-
ker, Selbständigen und der Menschen, die nicht in die SED wollten. Weil sie so aktiv war durfte sie damals sogar zum Parteitag
nach Leipzig mit und wurde in der Zeitung und im Fernsehen
gezeigt Erst wollte ihre Schule sie nicht fahren lassen. Das war
reine Schikane. Da schrieb sie eine Eingabe und dann durfte sie
fahren. Auf dem Parteitag wurde geredet, geredet und gefeiert
und die Zimmer gewechselt. So etwas hatte Frauchen noch nicht
erlebt.

Ein Redner stellte sich angetüdelt mit einem großen Glas
Weinbrand ans Mikrophon und hielt seine Ansprache mit vehe-
menter Kritik am System. Ein anderer erzählte von den Schwierigkeiten, in der DDR ein privates Hotel zu führen. Und just dem
schrieb Mutti einen sehr persönlichen Brief und bat um Aufnah-
me während einer Woche anlässlich der Jugendweihe. Natürlich
klappte es. Unter Parteifreunden hilft man sich. Das ist heute
wie damals so.

Nach der Ankunft und persönlicher Begrüßung gingen ER,
Mutti und Anke spazieren und die Umgebung erkunden. Beide
hatten sich die Blase erkältet und mussten dementsprechend oft.
Am Feldrain war ein betonierter Graben. Da hinein hockte sich
Frauchen. Hätte ja alles gleich schön abfließen können. Tat es

aber nicht, sondern spritzte von den schrägen Wänden des Grabens zurück an Muttis Beine. Das hätte ich sehen mögen. Über dieses Erlebnis haben alle noch nach Jahren sehr gelacht und Anke war etwas getröstet auf dieser Fahrt, sie durfte nämlich keine Hosen mitnehmen und musste die verhassten Röcke anziehen, die ihnen irgendeine blöde Tante abgetreten hatte.

Ob Mutti diese Begebenheit noch im Kopfe hatte, weiß ich nicht. Jedenfalls dachte sie, mir gehe es ähnlich wie ihr und ich wolle mich nicht bepullern Weit gefehlt! Mit Beinchenheben zeigt doch ein Hundi seine Stellung im Rudel an. Und eine Stellung wollte ich haben. Das merkte auch Frauchen bald, als ich mich nicht mehr von der großen Schäferhündin Anja auf den Rücken warf, sondern ich kleiner Mops ging ihr knurrend und bellend an die Kehle. Und dann musste Mutti dazwischen gehen, denn gegen das große Vieh hatte ich ja keine Chance. Aber das wusste ich ja, dass sie hinter mir steht und mich beschützt, das macht die Liebe und außerdem sind wir uns doch sehr ähnlich.

Doch dazu im nächsten Kapitel mehr. Mutti jedenfalls zeigt auch manchmal Selbstbewusstsein. Jedenfalls schickte sie selbstbewusst, wie sie manchmal ist, ein paar Seiten des Buches ins Tierheim. Hatte doch die Tierheimtante ihr Mut zum Schreiben gemacht. Es sollten nur ein paar ausgewählte Seiten sein, solche unverfänglichen zum Beispiel, wo ich erzähle. Leider hat Mutti aber nicht so viel Ahnung mit dem COM-PUTER, das ist das Ding, womit man mailt und kein großes Huhn. Jedenfalls waren plötzlich alle Seiten abgeschickt, auch die, wo sie schreibt, wie ER ist und dass ich hässlich bin. Macht mir ja eigentlich nichts aus. Hauptsache alle haben mich lieb und mir geht's gut. Nun haben wir zwei beiden aber Angst, dass das die Tierheimfrau

anders sieht und mich wegholt. Blöde Sache. Bloß die weiß doch
nicht, wie das ist, wenn man ins Borderliner-Land geschaut hat.
Da wird nämlich grau ganz schnell zu tiefstem schwarz im richtigen Leben. Na mal sehen, was daraus wird. Notfalls reißen wir
aus.

Über die Ähnlichkeit

Wir sind uns wirklich sehr ähnlich, die Mutti und ich. Glaubt es nur! Hat sie doch selber an die Tierheimfrau geschrieben. Sie wollen es immer noch nicht glauben? Na gut. Dann zum Beweis eben noch ein Stückchen MAIL. Aber nicht, dass Sie dann sagen, das Buch sei seinen Preis nicht wert, weil da nur alte Mails drin stehen. Sie haben es nicht anders gewollt:

Liebe Frau Eva Becher,

natürlich kann Gina bleiben. Das erst mal zur Beruhigung und Freude ... Ich habe schon ein bewegtes und bewegendes Leben hinter mir mit 47. Das erleben manche nicht mit 150. Mein Sohn Ali drängte mich, als er das letzte Mal aus Österreich da war, endlich damit anzufangen alles aufzuschreiben. Wir haben auch schon einen Einstieg in die Geschichte, die Geschichten, gesucht und nichts richtiges gefunden. Jetzt ist mir bewusst geworden mit dem Brief von Gina an Sie, dass wir den Einstieg gefunden haben.

Wir sind uns auch sehr ähnlich, die Gina und ich: ausgeleiertes Gesäuge von den vielen Kindern, zwei verlorene Kinder durch die Schuld der anderen, dicker Bauch, immer hungrig nach etwas Zuneigung, endlich haben wir das Glück gefunden und werden es festhalten, wir zwei beiden. In dem Buch werden wir uns unterhalten, die Gina und ich. Ich werde endlich den Müll meines Lebens los und Gina sorgt dafür, dass es nicht zu traurig und ernst, sondern lesenswert wird. Und damit, dass ich dies Ihnen mitgeteilt habe, habe ich auch den nötigen Druck, die Sache endlich durchzuziehen. Ich danke Ihnen für den kleinen Schatz, den Sie mir ans Herz gelegt haben ...

Muttis Welpen, die beiden Rüden, oh, Verzeihung, ich meine Frauchens beiden Jungs finden, dass sich Mutti und Vati auch sehr ähnlich sind. Man sagt ja im Allgemeinen, dass sich Ehepartner, je länger sie miteinander leben, ähnlich werden. Auch im Aussehen. Na, hoffentlich nicht, ich kann mir Frauchen bei aller Liebe nicht mit Schnauzbart vorstellen.

Am Anfang ihrer Ehe versuchte Frauchen in der Erziehung der Kinder es ihrem Mann recht zu machen. Zuerst ohne viel nachzudenken. ER war doch ihr Vorbild, ihr Stern oder ihr Gebieter, der sich herabgelassen hatte, ihr, dem unscheinbaren Etwas mit zwei Kindern seine Liebe zu schenken. Dabei verband sie das Wort Liebe inhaltlich wohl mehr mit Aufmerksamkeit und Zuwendung, wenn sie es IHM zuordnete. Ihr Opa hatte IHM als

Dank, dass ER sie mit den zwei Kindern genommen hatte, sogar eine goldene Uhr geschenkt. Die war zwar nur von den Russen, mit denen der Opa des öfteren Geschäfte machte, aber seine Worte bei der Übergabe der Uhr gaben ihr Gewicht und Wert. Irgendwie kam sich Frauchen vor wie verkauft. Später merkte sie, dass ihr Herz zu rebellieren anfing, wenn ER Maßnahmen zur Erziehung ihrer Kinder ergriff. Diese Rebellion ihrer Gefühle durfte sie nicht zulassen. Sie wusste, dass ER dann gefühllos und hart werden konnte. Sie fühlte diese Gefühllosigkeit und diese Kälte mit jeder Faser ihres Seins. Aber war ER es wirklich? Oder gab ihr ihre Überempfindlichkeit im Diesseits diese Gefühle nur ein?

Sie versuchte jedenfalls, ihre Kinder so zu erziehen, zu bestrafen oder zu belobigen, als wenn ER es tat. Damit versuchte sie ihre Welt, ihre Gefühle wieder in die Ordnung zu bringen. Dann musste sie nicht voller Gram, Angst und Trauer zusehen, denn dann brauchte ER nicht zu tadeln oder zu bestrafen und sie konnte ihr dummes Herz damit zum Schweigen bringen.

Einmal zog ihre zweite Tochter, die war damals knapp drei Jahre alt, einen Puppenwagen hinter sich her durch die Wohnung. Der Wagen war mehr kaltes blankes Gestell als alles andere. Die Türschwelle ließ das hässliche Ding sich verhaken und als das kleine Mädchen mit Nachdruck am Wagen zerrte, gab es einen Ruck und der Bügel des Wagens zerschlug das Glas der Zimmertür. Da hat Mutti das kleine Kind angeschrien und auf den Po gehauen. Dabei schüttelte sie die Kleine und die Tränen rannen beiden übers Gesicht. Mutti spürte vielfach die Angst. Es war die Angst des Kindes wegen des Ausbruchs der Mutter, es war die Angst vor der Reaktion des Mannes dem Kinde gegenüber, die Angst, dass ER ihr die Schuld geben könnte, wenn sie seine Schläge nicht zuließ und es war die Angst sich selbst aufzugeben. Vor der Heirat hatte sie IHM doch klargemacht, dass für sie an erster Stelle die Kinder kämen, dann lange, lange nichts und dann erst ER. Wo war denn ihre Liebe zu den Kindern geblieben. Hatte die Liebe zu IHM ihre aufopferungsvolle Hingabe und Liebe zu den Kindern aufgefressen? Sie kam sich so leer und ausgebrannt vor. Zwei Jahre hielt sie dieses Leben noch durch. Auch ihr erster gemeinsamer Sohn konnte ihr nicht die Kraft zum Weiterleben geben. Und so nahm sie zum zweiten Mal in ihrem Leben Tabletten. Dieses Mal allen Ernstes. Doch auch dieses Mal reichte die Dosis nicht aus. Wenn ich tot bin, wird ER mich lieben. Weil ER mich liebt, wird ER so zu den Kindern sein, als wenn ich es bin. Ich, so wie es mein Herz befielt. Ich werde im Himmel auf einer Wolke sitzen. Meine Mutti hält mich im Arm und wir sehen der heilen Welt auf Erden zu, mitten hinein ins Herz meiner kleinen Familie. Diese Gedanken ließen sie oft nicht los.

Die Gedanken an den Tod verbanden IHN und Frauchen oft in ihrer beiden Leben. Häufig dachte sie: Wenn ER tot wäre, würde ich IHN nur noch lieben können. Endlich eine Liebe ohne Hass. Wenn ich dann zu IHM auf den Friedhof gehe, würden wir uns unterhalten und uns sagen, wie sehr wir uns brauchen und wie sehr wir uns lieben. Kein böses Wort würde jemals wieder gesprochen werden. Damals ahnte Frauchen noch nicht, dass dies ihre Sehnsucht nach dem Borderliner-Land war. Sie kannte doch so vieles, aber den Tod und das Borderliner-Land noch nicht. So kam es, dass sie beides gleich setzte. Sie hatte die Tür zum gelobten Land noch nicht gefunden, auch nicht gesucht und sie hatte sich noch nie im Borderliner-Land dem schwebenden Gefühl des Einklanges von Wunsch und zeitloser Wirklichkeit hingeben können.

Und gerade in letzter Zeit, so lange bin ich ja noch nicht bei Frauchen, habe ich IHN sagen hören, dass er am liebsten tot wäre. Seine Verzweiflung ist dabei so echt, und ich sehe ihn da immer auf der anderen Seite der Tür, im Borderliner- Land. Aber warum können sich dort beide nicht begegnen? Haben beide jeweils ein anderes, ein eigenes Borderliner-Land? Oder ist IHM gar nicht bewusst, dass er sich im gelobten Land befindet? Ja dann kann sie IHM auch dort nicht begegnen.

Wenn ER in dieser Situation ihre Verletzlichkeit annimmt, kommt in ihr seine kalte Realowelt in ihrer Sprache zum Ausdruck: ,,Tu was du nicht lassen kannst."

Dann ist ER schon oft ins Auto gestiegen und in der Gegend herumgefahren vor Verzweiflung. Sie ist zu Hause vor Angst fast vergangen. Es hat ihr das Herz zugeschnürt bei dem Gedanken, dass IHM etwas passieren könnte. Ach würde ER doch endlich begreifen, dann könnten sie sich im Borderliner-Land begegnen und es wäre ein glückliches Schweben, dass sie die Realowelt zusammen meistern ließe. Ach würde sie doch endlich verstehen ..., denkt auch ER jedes Mal auf diesen Fahrten ins Nichts.

Selbstzweifel

Mutti macht sich Gedanken. Schwere Gedanken. Und wenn sich mein Frauchen Gedanken macht, mache ich mir natürlich auch welche. Ausreißen müssen wir nicht wegen der Mail ins Tierheim. Die nette Tante Becher hat Mutti geschrieben, dass Mutti genau das richtige Frauchen für mich ist. Auch hat sie gefragt, was das eigentlich ist, das Borderliner-Land und ob das was mit einer psychischen Störung zu tun hat.

    Als Herrchen das gelesen hat, sagte ER gleich zu Mutti: „Die denkt bestimmt, du hast eine Meise.!" Dabei sind Meisen doch die Vögel, die Trixi immer für Frauchen fängt und vor die Tür legt, was sie eigentlich nicht darf aber nach Katzenmanier doch tut. Ich habe genau gesehen, Mutti schmeißt die immer gleich in den großen Kübel neben der Haustür in dem so herrlich stinkende Sachen liegen. Und dann kommen die Krachmacher. Das sind die Männer, die die Kübel an ein großes Auto hängen und schwups ist dann alles weg. Also Mutti kann gar keine Meise mehr haben. Höchstens Wellensittiche. Das sind gleich drei an der Zahl und die machen auch jede Menge Krach und Dreck.

Wegen den dummen Viechern habe ich mal Bauchweh gekriegt. Schlau wie ich bin, habe ich gesehen, wie Trixi mit ihrer Pfote aus einem Karton Trockenfutter herausgeangelt hat. Der Karton steht gleich unten neben dem Kühlschrank. Ich bekomme aber kein solches Katzenfutter, muss ich immer rülpsen.

So wollte ich mir selber heimlich etwas stibitzen. Hat auch recht gut geklappt. Kam jede Menge raus. Schmeckte bloß bisschen eigenartig. Das habe ich in meiner Gier aber erst so richtig am Ende gemerkt. In meiner Aufregung bin ich nämlich am falschen Karton gewesen. Neben dem Katzenfutter steht das Futter für die Wellensittiche. Gut für die Mauser und das Sprechenlernen. Mausen konnte ich vorher schon gut. Und das Sprechen mit Mutti haute vorher auch schon super hin.

Ihre schweren Gedanken kann ich jedenfalls gut nachvollziehen. Was ist, wenn ihr Buch keiner will. Wird sie dann an Selbstzweifeln zerbrechen? Ganz zu schweigen davon, dass es viele gar nicht lesen dürfen! Zum Beispiel Frauchens Pflegeeltern. Die würden zwar vielleicht nicht gleich merken, dass von ihnen die Rede ist, weil Frauchen zu ihnen doch Vater und Mami sagt. Nur ganz früher als Mutti noch ein Welpe war hat sie zu Vater „der Mann" gesagt, weil er doch der Mann der Frau war. Die Frau, also die Pflegemutter, ist ja die leibliche Tante. Wie mein Frauchen als Welpe zu der gesagt hat, weiß sie gar nicht mehr so genau.

Frauchen ist von Geburt eigentlich ein Wessi. Wird in zwanzig Jahren sicherlich keinen mehr interessieren. Na egal, ist aber für die Geschichte wichtig. Frauchens richtige Mutti wurde als zweite Tochter von sechs Geschwistern in eine Kleinbauernfamilie hineingeboren. Sie soll ein bisschen flott gewesen sein. Und

so hat die Oma, also die Mutter der Mutter, sie mal von einem
verheirateten Mann weggeholt und dessen Frau soll sie auch
darüber informiert haben. Eine beachtliche Begebenheit, wenn
man bedenkt, dass die Oma, so wie mein Frauchen sie in Erinnerung hat, eine stille, zurückhaltende, zurückgezogen lebende
Frau war. Mit siebzehn lernte Frauchens Mutti dann den Mann
ihres Lebens kennen. Der war bei der Wehrmacht und in Halle
stationiert. In Halle besuchte die Mutter die Schwesternschu-
le. Sie heirateten. 1950 kam Frauchens Bruder zur Welt. In der
Großfamilie waren die Gefühle für Frauchens Vater zwiespältig.
Er kam aus einer sehr armen Familie mit auch vielen Kindern.
Frauchens Mutti erzählte nach einem Besuch bei den Verwandten, dort zwischen Moor und Heide, in der Nähe von Schleswig,
dass man hatte mit dem Regenschirm ins Bett gehen müssen,
weil das Dach so undicht war. Andererseits dünkte sich Frauchens Vater wohl etwas besseres zu sein. Eine Schwägerin hätte
ihn gern selber gehabt, war aber noch zu jung. Oma verübelte
ihm ihr ganzes Leben lang eine Ohrfeige, die er dem jüngsten
Spross der Familie, endlich ein Junge nach lauter Mädchen, gab,
als dieser unerträglich laut gewesen sein soll. Die Kleinbauernfamilie bemängelte, dass Frauchens Mutti ihn bedienen musste. In
dieser Großfamilie war die Arbeit gerecht aufgeteilt. Der Mann
besorgte das Geld und machte alles was draußen anfiel und die
Frau erzog die Kinder, kümmerte sich um Hof, Heim, Garten
und Viehzeug. Beim Geld und Gut besorgen tat Frauchens Opa
manchmal zu viel des guten und verschwand dann ein paar Monate hinter Gittern. Zu DDR-Zeiten beantragte er dann den
Status eines vom Naziregime Verfolgten. Ob er Erfolg damit
hatte, weiß Frauchen heute nicht mehr. Draußen, also außer-

halb der scheinbar heilen Welt der Großfamilie, muss auch recht
viel angefallen sein, denn da war der Opa noch in hohem Alter
sexuell sehr aktiv, wie in der Beziehung auch zu Hause. Und
Oma soll öfter zur Engelmacherin gegangen sein. Später hatte
sie wohl einen verständnisvollen Hausarzt.

Die Arbeit war also gerecht aufgeteilt. Einmal, Frauchen ging
kaum in die Schule, stand Oma auf einem großen Haufen Kohlen
vor dem Grundstück und war dabei sie in den Keller zu schaffen. Da kam Opa vom Feld. ,,Ich erschlage dich, wenn du da
nicht runter kommst. Verschwinde!", schrie er, dass es nur so
die Straße herunterhallte. Das hat sie ihm wohl nie verziehen.
Die Oma, meine ich. Dass er so laut geschrieen hat, dass es die
Leute gehört haben

In meinem Frauchen hinterließ diese Szene ein ständig wie-
derkehrendes Entsetzen.

Doch zurück zu der Zeit als mein Frauchen noch nicht geboren war. Es begab sich 1953. Frauchens Vater arbeitete in
Halle bei der Feuerwehr. Überall brodelte die Unzufriedenheit
in der arbeitenden Bevölkerung. Oder kam der Vater mit dem
System nicht zurecht? Frauchen weiß nicht ob ihr Vater etwas
mit dem Aufstand zu tun hatte. Jedenfalls wurde er gewarnt,
dass er verhaftet werden sollte. So verschwand er Hals über Kopf
Richtung Westen. Für die Flucht Frauchens Mutter und ihres
Bruders musste noch einiges vorbereitet werden. Täglich kam
die Stasi zu Besuch. Hieß das damals schon so? Die Männer
in den langen Mänteln verleumdeten Frauchens Vater, sagten,
dass er im Westen andere Frauen hätte und ähnliches. Frauchens
Mutter glaubte aber an ihren Mann. Seine Schwester, Frauchens
West-Tante, sagte mal, dass beide ein Liebespaar waren wie im

Roman oder Romeo und Julia. Die Flucht von Frauchens Mutter und ihrem Bruder gelang und nach einer Zeit im Auffanglager, die nicht so angenehm gewesen ist, baute sich die kleine Familie ein neues Leben auf. 1956 kam Frauchen zur Welt. Nach einigen begründeten Ausschabungen müsse mal wieder eine Schwangerschaft sein, soll Frauchens Mutter gegenüber ihrer Lieblingsschwester geäußert haben. Doch nach einem Jahr geschah das Furchtbare. Starb die Mutter an Krebs. Tagelang vorher schon war sie im Krankenhaus ins Bad geschoben worden zu den eben Verstorbenen, die darauf warteten, abgeholt zu werden. Das heißt, gewartet werden die wohl nicht mehr haben können. Man konnte ihr nicht mehr helfen, hatte sie noch aufgemacht, weil man Tb diagnostiziert hatte. Und dann gleich wieder zu.

Der Junge von sechs Jahren blieb beim Vater im Westen, mein Frauchen, etwas über ein Jahr alt, nahm die Oma mit in den Osten. Der Vater musste ja Geld verdienen und Kindertagesstätten gab es nicht. Die Schwester des Vaters hatte der Mutter zwar auf dem Totenbett versprochen, sich um die Geschwister zu kümmern, konnte es aber nicht aus persönlichen Gründen und hat sich das ein Leben lang nicht verziehen. So kam mein Frauchen in die Fänge der Großfamilie-Ost. Zuerst zog Oma sie groß. Später dann die Schwester der verstorbenen Mutter mit ihrem Mann. Das wurden die Pflegeeltern. Schriftlich gab's da nichts. Die DDR machte es möglich. Und so bekam ihr Vater das kleine Mädchen auch nie wieder. Sie haben sich nie persönlich kennen lernen dürfen.

Wollte Frauchen damals auch nicht. Sie war in weiser Voraussicht rot, röter am rötesten erzogen worden. Es gab nur schwarz oder weiß. Westen wurde nicht geguckt.

Einmal hat Mutti einen Brief von ihrem Vater zerrissen, den ihr die Postfrau gegeben hatte.

Die Briefe machten sie im Innersten traurig und sie konnte sich das nicht anders erklären, als dass es die Angst in ihr war, dass sie aus der Großfamilie herausgerissen werden sollte. Sie zerstreute die Schnipsel in alle Himmelsrichtungen. Später bekamen das ihre Pflegeeltern heraus. Heimlich suchten sie die Papierfetzen und setzten sie zusammen. Der Inhalt war eher belanglos, so schätzten sie es ein und konnten sich das Verhalten des Kindes nicht erklären. War auch egal. Hauptsache sie blieb hier.

Später, in den siebziger Jahren, gab es die ganzen Erleichterungen zur Familienzusammenführung. Da war Honecker an der Macht und Frauchen als Siebzehnjährige in W. am Institut für Lehrerbildung. Du kannst so gut mit Kindern umgehen, werde doch Lehrer, hatte die Großfamilie gesagt und bestimmt. Frauchen hätte lieber was mit Tieren gelernt, mit Pferden. Doch Pferde hatte Frauchen in der Großfamilie nicht betreuen müssen.

Zurück nach W., 1973/74, Internat des Institutes für Lehrerbildung, kurz IfL. Dorthin schickte Frauchens Vater einen Brief für sie, in dem er ihr freudig erklärte, dass sie nun zu ihm kommen könne. Die Politik gebe es nun her, endlich können wir eine Familie sein. Er habe schon alles geregelt, Frauchen könne in L., auf der anderen Seite der Grenze, wohnen und in der Nähe weiterstudieren. Blankes Entsetzen packte sie. Die Angst kroch in ihr hoch und ergriff Besitz von ihr. Diese Situation kannte sie. Jetzt war sie wieder das kleine Mädchen, die kleine Muschi, wie sie von allen gerufen wurde, ohne Mutti. Es war kurz vor der Einschulung. Mein kleines Mädchen soll nicht unter den Zwängen und dem Regime des Spitzbartes, so wurde Ulbricht, das Staatsoberhaupt der damaligen DDR, von vielen Menschen im Geheimen genannt, diese sozialistische Schule besuchen. Er hatte sicher nicht „sozialistisch" geschrieben, ihr richtiger Vater. Dieses Wort ist ihm wohl nie über die Lippen gekommen; geschweige denn aufs Papier. Aber Frauchen hat sich das richtige, das authentische Wort damals nicht merken können. Sie war doch erst fünf Jahre alt. Mit fünf sollte sie dann allein auf der berühmten Brücke in Berlin von einem Grenzbaum zum anderen laufen und wäre dann in dem anderen Land von ihrem ihr unbekannten Vater in Empfang genommen worden.

Später erfuhr sie von einem Brief des Staranwaltes der DDR Prof. Dr. Kaul, in dem er eine Woche vor der Übergabe des Kindes schrieb, dass er alles unternommen habe und die kleine Muschi nun doch in der Geborgenheit der Großfamilie und der sozialistischen Heimat bleiben dürfe. Wie Frauchens Großfamilie an diesen Staranwalt gekommen war, den sie doch nie bezahlen konnten, getraute sich Frauchen nie zu fragen. Doch diese Fragen bewegten sie erst viele Jahre später. 1973/74 im IfL hatte Frauchen noch gar keine Ambitionen, ihren richtigen Vater kennen zu lernen. Sie wusste nichts von Stasi, Schwedt und Bauzen.

Sie wusste nur, dass sie nicht zu diesem Fremden in ein fremdes Land, Feindesland, denn dort waren ja alle Kapitalisten und gegen den Frieden, wollte.

Der Chef der Abteilung Inneres beim Rat des Kreises war mehr als verwundert, als da einen Jugendliche erschien und danach fragte, ob sie nun in den Westen müsse. Zuerst wollte er ihr sogar erklären, was sie unternehmen müsse, um die Familienzusammenführung in ihrem Fall in Gang zu setzen. Später begriff er wohl, dass sie gar nicht in den Westen wolle. Das heißt, begriffen hat er es wohl nicht, nur gemerkt, dass sie das ja gar nicht wollte.

In einem Brief an ihren Vater erklärte Frauchen es so, dass sie nicht zu ihm kommen wollte, dass sie sich im Internat und im Studium so wohl fühle und dass sie ihren geliebten Freund nicht verlassen wollte. Den Freund, den sie zwar mochte und später auch zum achtzehnten Geburtstag heiratete, weil sie dachte, die Großfamilie erwarte das von ihr.

Ihrem Vater hat das alles das Herz gebrochen. Knapp ein Jahr nach dem Tod seiner geliebten Frau heiratete er eine Frau mit einem Kind. Er wollte seinen beiden Kindern ein richtiges zu Hause geben. Er wollte nicht, dass die Geschwister getrennt aufwuchsen. Doch alles umsonst.

Die Großfamilie rückte seine kleine Muschi, also mein Frauchen, nicht mehr heraus. Kein Amt und keine Organisation konnten ihm helfen. Das Familienleben gestaltete sich auch nicht so harmonisch, wie er sich das erträumt hatte. Sein Sohn, Frauchens Bruder Nico, verließ ihn mit achtzehn Jahren und beide haben nie mehr den Kontakt wie Vater und Sohn gefunden.

Launen und die Flucht ins Borderliner-Land

Frauchen hat vierzehn lange Tage schon nicht mehr mit mir an ihrem Buch geschrieben. Sie ist überhaupt so komisch. Schäferhündin Anja übrigens auch. Nur äußert sich das unterschiedlich. Mutti scheint gar keinen Elan mehr zu haben. Sie ergibt sich ihren Schmerzen, ihrer Krankheit. Dann hat sie wieder Fressanfälle. An Süßem kommt sie zur Zeit überhaupt nicht vorbei. Das Internet scheint zur Sucht zu werden. Stundenlang sitzt sie vor den Angeboten von eBay und steigert mit. Dabei hat sie Angst, dass sie der Meistbietende ist und das viele Geld auch wirklich bezahlen muss für Dinge, die sie gar nicht braucht. Andererseits fiebert Frauchen mit, dass sie bei den meisten Artikeln auch der Meistbietende bleibt. Total paradox. Die Mail-Seite im Computer erscheint Frauchen im Moment wie das Tor zur Außenwelt. Jeder Werbespot ein persönlicher Gruß für sie. So ein Quatsch. Das ist aber bestimmt so im Augenblick, weil sie durch ihre Fressanfälle das Gefühl hat, nicht mehr durch die Tür zu passen, die ins Borderliner-Land führt. Schäferhündin Anja tickt auch nicht richtig. Sie deutet Muttis Verhalten so, dass sie Angst hat. Und wenn Frauchen Angst hat, hat Anja noch größere Angst. Sie verkriecht sich in die hinterste Ecke ihrer Hütte und ist durch nichts herauszukriegen. Aber mich hat Frauchens Verhalten auch überfordert. Ich nahm ja an, dass ER, also das Herrchen irgendwas gemacht haben muss, was nicht gut für mein Frauchen ist. So hat sie übrigens früher auch immer argumentiert, wenn ihr Verhalten in den Augen der Umwelt eigenartig war. Na jedenfalls dachte ich, dass ich es Herrchen heimzahlen muss, was es auch immer sei. Also habe ich mich hinter ihm hergeschlichen, als er auf Arbeit ging. Dann habe ich mir schnell seinen Schuh geschnappt und begonnen, ihn aufzufressen. Natürlich in der Sicherheit meines Körbchens. Ich dachte, ich tue es für Frauchen, wenn ich Herrchen so bestrafe und dass es ihr dann besser geht. War aber nicht so. Ihr ging es durch und durch als sie den angefressenen Schuh sah. Herrchen ist so eigen mit seinen Sachen. Die Angst ließ ihre Gedanken sich überschlagen. Sie musste es vertuschen. Sonst drohte der Beziehung zwischen ihr und Herrchen Unheil. Oder mir noch größeres. Fieberhaft zog sie sich an, steckte den ganzen Schuh in ihren Rucksack, den kaputten, den sie mir leider weggenommen hatte, verbarg sie in der hintersten Ecke der Telefonbank. Da der Bus gerade ohne sie abgefahren war machte sie sich zu Fuß auf in den Einkaufspark. Die Eile strengte sie so an, dass sie die Gedanken an das Unrecht und den Betrug an ihrem Mann nicht recht aufkommen ließ. Sie fand auch im Geschäft eine Verkäuferin, der sie die Geschichte vom aufgefressenen Schuh erzählte und auch, dass ihr Mann farbenblind sei. So suchte ihr die Verkäuferin ein Paar ähnliche Schuhe. Mutti bezahlte und war recht befriedigt über den Ausgang der Geschichte. Aber nur bis sie das Geschäft verlassen hatte. Draußen kamen wieder die Zweifel. Aber Mutti verdrängte den Grund dieser und sagte sich, dass sie zweifle, weil sie nicht wusste, ob die Farbwahl so richtig wäre um Herrchen zu betrügen. Frauchen ging in das nächste Geschäft.

Schuhe, nur Schuhe wollte sie. So ähnlich wie möglich. Sie musste es tun. Sie musste das Unheil, das über mir kleinem Hundchen schwebte, abwenden. Sie fand noch ein Paar ähnliche Schuhe. Und sie fand die Erklärung, dass sie den Betrug wegen sich selbst begangen hatte. Angst davor, einen Fehler einzugestehen, oder Angst davor nicht mehr geliebt zu werden oder mit anhören zu müssen, wie ein Wesen, das sie liebte und dem sie sich so verbunden fühlte, (ich meine mich), beschimpft und bedroht wurde. „Gleich nach Weihnachten decke ich alles auf", sagte sie sich und der Verkäuferin an der Kasse, der sie die Geschichte natürlich auch erzählt hatte.

Irgendwie hatte sie immer das Gefühl wenn sie in Not war, dass andere ebenso empfinden müssten, wie sie. Die wenigsten fühlten bei den ihr bekannten und durchlebten und durchlittenen Situationen überhaupt etwas. Warum war das so, konnte sie doch Spannungen zwischen Geschöpfen und leidvolle Gefühle anderer körperlich äußerst schmerzvoll nachempfinden. Nachempfinden ist eigentlich nicht das richtige Wort. Sie empfindet diese Gefühle schmerzlich vor oder dabei, selbst wenn sich die teilhabenden Geschöpfe dessen noch gar nicht bewusst sind. Herrchen merkte jedenfalls nicht, dass Mutti jedes Mal die Luft anhielt, wenn er sich Schuhe aus dem Schrank herausnahm. Ihn wunderte höchstens das etwas andere Fußgefühl, das er sich nicht erklären konnte. So atmete sie in einem Atemzug auf, dass ER es nicht bemerkt hatte und litt andererseits für ihn die Qualen des Betruges. Und das schlechte Gewissen tat ein übriges. Das alles habe ich Frauchen also eingebrockt. Ich vergehe deshalb nicht etwa in Schuldgefühl oder Selbstzweifel oder schäme mich in Grund und Boden. Auch kann ich nicht versprechen, dass ich es nie wieder tue. Aber ich habe es geschafft, dass das alles Frauchen so beschäftigt hat, dass sie es aufschreiben musste und endlich aus der Resignation bei den Gedanken an ihre Kindheit und Jugend herausgekommen ist. Wenn also Schuhefressen gegen Depression hift, dann werden das nicht die letzten Schuhe gewesen sein ...

Vielleicht ist ja Depression ein anderes Menschenwort für den Zustand Frauchens, gegen den das Schuhefressen hilft. DEFRESSIO.

Ob Frauchen Defressio hat, weil die Tür ins Borderlinen-Land zugefallen ist? War es ein Windstoss oder Absicht von wem auch immer? Frauchen hatte das Gefühl als wolle ER ihr das gelobte Land auf Erden errichten. Als wenn ER nicht selber wüsste, dass das auf Dauer gar nicht geht und alles wie ein Kartenhaus zusammenfällt, wenn ein Streit droht. Außerdem weiß Frauchen, dass bei einem unvermeidlichen Streit das Haus nicht nur zusammenfällt, sondern sich die Erde im Diesseits auftut und alles verschlingt.

Wie kriegen wir diese blöde Tür nur wieder auf.

Roulade, Klopsemops, Tausendschön und andere Spitznamen

Spitznamen sind nicht spitz und pieksen nicht wirklich. Nur in meinem Bäuchlein kribbelt es dann immer und mein Herz schießt Purzelbäume, wenn Frauchen „Wuschel-Puschel" zu mir sagt.

Diesen spitzen Namen bekomme ich immer nach dem Kämmen und Bürsten. Mutti meint, wenn ich mich nun schüttele, sehe ich aus, wie ein kleines Wattebällchen. Ich weiß dann, es ist Zeit zum Spielen und Toben. Auf meinem Kullerbauch rutsche ich über das Sofa und über den Fußboden und schnappe in die Luft. Das ist nach meiner Erfahrung die beste Methode irgendwas zu erwischen. Meist erwische ich dann Muttis Fettwürstchen über ihrem Bauch. Sie lacht und schreit und dann bin ich die „Zwicke-Zwacke".

„Zwicke-Zwacke" ist ein Hund im Tierheim M. An den denkt Frauchen öfter. Als ihr alter schwarzer Schäferhund Lessi eingeschläfert worden war und ER ihre Traurigkeit nicht mehr ertragen konnte, stimmte ER zu, dass ein neuer Hund angeschafft werden sollte. Diesmal sollte aber nicht der Hund entscheiden, dass er in die Familie kommt, wie es die alte stinkende, männerhassende Lessi getan hatte, sondern MANN wollte dieses Mal einen jüngeren schönen Hund aussuchen. Frauchen sollte ruhig schon mal die Tierheime abklappern und Ausschau halten, ehe ER dann mit entscheiden wollte. So lernte Mutti dann die Zwicke-Zwacke kennen. Eintönig grau in grau, Angehörige keiner oder aller Rassen, etwas jünger als sie aussah, und sie sah recht alt aus, das war Zwicke-Zwacke. Lieb und verständig war sie und Muttis Herz hätte sofort für sie geschlagen. Durfte es aber nicht. ER wollte etwas anderes.

Wieder einmal hatte sich Frauchen gegen ihr Herz und für IHN entschieden.

So bin ich eben manchmal ihre kleine „Zwicke-Zwacke". Hoffen wir, dass es ihr gut geht.

Rouladen fresse ich gern. Ich fresse überhaupt alles gern, was Frauchen kocht. Ihre kleine „Roulade" bin ich nach dem Baden oder wenn sie meinen nackten Bauch streichelt. Da fehlen nach der Räude immer noch die Haare. Vielleicht erinnert sie mein dicker Kullerbauch an die dicke „Roulade". Das war ein kleiner hässlicher fetter Hund aus dem Tierheim in W. Da die Familie in einem Neubaublock wohnte und sie dort keinen Hund halten konnten, gingen Mutti und ihre Tochter Christine immer zum Hundeausführen. Die Roulade wollte kein anderer ausführen. Sie rollte mehr über die Straße als dass sie lief.

Manchmal ruft mich Frauchens Mopseklops. Meist dann, wenn ich etwas zum Fressen gemopst habe, dreht sie die zwei Wörter um und ich bin dann ihr Klopsemops. Dann lasse ich die Ohren hängen und tue ganz zerknirrscht. So viele spitze Namen für einen so kleinen Mops wie ich es bin. Aber ich bin auch ganz was besonderes, meint Mutti.

Auch Muttis Welpen, Entschuldigung, Kinder haben Spitznamen. Zumindest die vier letzten.

Stefan wurde zu Steff. Es war Muttis erstes Kind, dass sie allein ohne die Mitsprache ihrer Eltern großziehen durfte. Und es war SEIN Kind. Und der Name Steff, den man doch gewiss hart und befehlend aussprechen kann, wie etwa Sitz oder Platz, wurde in diesem Tonfall nie gesagt. Heute noch haben die beiden eine ganz besondere enge Beziehung zu einander.

Steff fühlt, wenn es Mutti schlecht geht, wenn sie sich Gedanken macht aber auch wenn sie sehr glücklich ist. Er kann Situationen analysieren und sie für Mutti verständlich machen.

Steff hat für mich den Spitznamen Hyäne erfunden. Aber ich kann ihm nicht böse sein deshalb. Als mich Mutti aus dem Tierheim geholt hat, sah ich schon etwas nach diesem Tier aus und roch auch so. Der andere Sohn von Mutti ist der Ali. Eigentlich heißt er ja Alexander.

Das war Mutti etwas zu lang und im Vergleich zu Steff zu unpersönlich und kalt. Liebevoll wollte sie ihn Sascha oder Sander rufen. Besonders als beim ersten Besuch ihrer Schwiegermutter nach der Geburt diese voller Enthusiasmus rief: Welch ein großer Name, Alexander der Große, Alexandre Duma ...

Sascha wäre eine zu große Demütigung und Anmaßung gegenüber der Schwiegermutter gewesen. Ein Russenname! Sander, so empfand es Mutti hätte dem kleinen Jungen nicht gefallen, Wäre so wie Alexander der Große für sie gewesen, so rief sie ihn ab da nur noch Ali.

Ali heißt auch der Kater in der Fibel der ersten Klasse. Alis Bekannte rufen ihn nur Alex, so dass Ali auch wieder etwas ganz besonderes ist. Ganz besonders ist auch die Beziehung der beiden. Stundenlang können sie phantasieren. Philosophieren, nennen das die Menschen, ist aber auch nichts anderes.

Christine ist die Tine. Vor ihrer Geburt konnten sich alle nicht auf einen Namen einigen. Mutti gefiel Tamara so gut. Ging aber nicht aus oben genannten Gründen. Da fiel Mutti ihre langjährige Schulfreundin Christine ein. Diese Freundschaft gehörte ihr allein und der Familie konnte so ein alter deutscher Name doch auch nur recht sein. So war es auch. Später fiel Mutti ein, dass sie ja auch noch eine Cousine gleichen Namens hatte, bestimmt über hundert Kilo schwer. So wurde aus der dicken Christine das Leichtgewicht Tine oder auch das Tinchen.

Tine war ein Wirbelwind. Gewünscht nach den zwei furchtbaren Abtreibungen, verwöhnt nach der Wende. Mit vierzehn zog sie zu ihrem doppelt so alten Freund. Beides wertvolle, tüchtige Menschen. Da Tine immer ein sehr offenes Verhältnis zu ihren Eltern hatte, stimmten beide auch zu. Da war die Kindheit des Mädchens zu Ende. Aber Mutti wollte, dass ihre Kinder ein selbstbestimmtes Leben führen können. Dafür gab sie ihnen auch alle Unterstützung. Nach vier langen Jahren ging die Beziehung in die Brüche.

Minchen ist die letzte im Bunde. Ihr richtiger Name ist Jasmin. Eigentlich sollte sie ja mit Y also Yasmin geschrieben werden. Aber die Hebamme, die die Papiere fertig machte, begriff das nicht und schrieb erst Jasmyn und dann Jasmin Und so ist es dann geblieben. Von der Großfamilie kam ein bitterböser Aufschrei nach Bekanntgabe des Namens: Warum habt ihr dem armen Kind so einen neumodischen Namen gegeben. Alle anderen Namen sind doch so schön und ausgerechnet der letzten müsst ihr solch einen Namen verpassen!. Dabei sollte das Jasminchen zuerst ja Naomi heißen als Ausdruck dessen, gar nichts, schon vom Namen her, mit der Großfamilie zu tun zu haben. Ankes Einwand, man würde dann die Kleine immer: Na, Omi!, rufen, ließ Mutti schnellstens von diesem Namen Abstand nehmen.

Warum die zwei ersten Mädchen von Mutti keine Spitznamen haben? Keine Kosenamen? Hat Mutti sie weniger lieb gehabt? Weit gefehlt. Muttis Große, die Anke war ein Wunschkind. Nicht unbedingt darauf hingearbeitet aber doch sehr gewünscht und erwartet. Muttis erster Mann sah das damals genau so. Und jetzt ist sie ihres Papas Liebling gegen alle Widerstände seiner zweiten Frau. Anke heißt Anke, weil sich Mutti damals einbildete, ihre Pflegemutter wollte in früheren Jahren immer eine Anke haben. Wollte die aber gar nicht, sondern eine Ulla. Nur gut, dass Mutti das verwechselt hat. Ein Jahr später wurde dann Annett geboren. Annett bekam ihren Namen deshalb, weil Oma Elly meinte, bei einem Namen mit A muss man die Wäsche für die Kinderkrippe nicht anders zeichnen. So hieß dann Muttis zweites Baby nicht Heide sondern Annett. Während sich die Großfamilie mit dem Baby Annett beschäftigte, wenn Frauchen vom Studium nach Hause kam, durfte sie sich um die Große kümmern. Sie ging dann mit ihrem Baby in die Natur, wo sie ganz für sich allein waren und tauchten dann in eine Märchenwelt ein. Da waren nur sie beide. Das Kind war Prinzessin Tausendschön und Mutti erzählte die schönsten Geschichten und erlebte sie mit ihrer kleinen Anke auch in ihrer beider Welt. Überglücklich erzählte Frauchen einmal ihrer Pflegemutter von dem gemeinsamen Spiel. Das hätte sie besser nicht machen sollen. Sie bekam heftige Schelte und Unverständnis zu spüren. Ab da war die Prinzessin Tausendschön gestorben und mit ihr das Eintauchen ins Märchenland. Damals konnte sich Mutti noch nicht gegen die Eingriffe der Großfamilie wehren und sie durfte auch nicht ihre beiden kleinen Mädchen selber erziehen. Es war beschlossene Sache, dass Mutti die Kinder nicht mit nach W. ihren Studienort nehmen durfte, obwohl ihr das Institut diesen Vorschlag gemacht hatte.

Wahrscheinlich aus dem schlechten Gewissen heraus, dass Annett auf Beschluss der Großfamilie abgetrieben werden sollte und nun doch auf der Welt war, wurde dieses Kind von allen Mitgliedern der Familie vorgezogen und verwöhnt. Der von der Großfamilie erfundene Spitzname „das Nettchen" kam Mutti nicht über die Lippen. Es dünkte ihr heuchlerisch und kalt, das Baby so zu nennen.

Muttis Kosename war Muschi. Den hatte sie schon aus dem Westen mitgebracht. Und er stand auch in den Briefen von ihrem leiblichen Vater und ihrem Bruder geschrieben. Dieser Name umgab das kleine mutterlose Mädchen mit Wärme und Geborgenheit. Mehr Liebe konnte ihr auch das Verwöhnen aller Menschen in der Großfamilie und Nachbarschaft nicht vermitteln. Wohl aber wirkte sich das Verwöhnen schlecht auf ihr weiteres Leben aus und bereitete ihr viele schwere Stunden. Als Muschi kurz vor der Schuleinführung stand, sollte sie sich an ihren richtigen Namen Birgit gewöhnen. Wie kalt und gefühllos klang er in den Ohren des kleinen Mädchens. Die anderen Kinder der Großfamilie waren über den Namenswechsel der Kleinen informiert worden. Und natürlich kam in den Gesprächen auch zur Sprache, woher die Kleine stammte. War es nun dieses Wissen oder der Umstand, dass die Kinder es als Ungerechtigkeit empfanden, dass das mutterlose Wesen so sinnlos verwöhnt wurde und doch auch immer als etwas besonderes in ihrer Umgebung betrachtet wurde oder war es einfach kindlicher Hass, die Kinder erfanden einen noch anderen Namen für die Kleine. Abgeleitet von ihrem Nachnamen wurde aus Muschi Zühlkus. Wie tat der Name weh. Keiner in der Großfamilie hieß nur annähernd so. Ein großer wuchtiger kalter Klotz war dieser Name für das kleine Mädchen. Ein Eisklotz der ihre Seele erschauern ließ.

Erwärmen tat sie viel später der Kosename Birbe. Den hatte ihre große Tochter erfunden als sie etwas über ein Jahr alt war. Der Großfamilie war dieser Name ganz recht, dokumentierte er doch auch nach außen, dass Birbe mehr als große Schwester, denn als Mutter gesehen wurde. Die Mitstudenten Frauchens im IfL übernahmen diesen Namen für sie und da es die Zeit war, wo sich Mutti in der Gemeinschaft der Mitstudentinnen wohl zufühlen begann, sie sich auch damit abzufinden schien, dass die Großfamilie über ihre Kinder bestimmte, gefiel ihr der Spitzname. ER hat keinen Kosenamen für Frauchen, jedenfalls keinen, den ER laut ausspricht. Aber ER kann Frauchen anders vermitteln, dass ER sie umsorgt, liebt und kost.

Oft klappt diese Vermittlung nicht so besonders. Schade. Ich werde ihr das schon noch begreiflich machen. Wie? Weiß ich noch nicht aber ich bin doch Wuschel-Puschel-Klopse-Zwicke-Mopse-Zwacke. Mir wird da schon etwas einfallen.

Ich werde ein Fernsehstar

Ja, ihr habt schon richtig gelesen. Nicht dass ich mich bei „Deutschland sucht den Superstar" oder STARSEARCH beworben habe. Solche Sendungen schießen im Moment wie Pilze aus dem Boden. Nein, habe ich gar nicht nötig. Aber finde ich schon toll, was für Karriere solch kleiner blinder, räudegebeutelter Mops wie ich machen kann.

Wie das alles kam, brauche ich gar nicht zu erklären. Lest einfach die zwei e-Mails und denkt euch den Rest:

Hallo, liebe Frau Nic,
hätte Sie jetzt gerne angerufen, habe aber leider Ihre Tel.Nr. nicht mehr ... Schlamperei! hatte eben einen Anruf vom Sachsenspiegel. Das ist eine Fernsehsendung des MDR, die 19.00 Uhr regional in Sachsen gesendet wird. Auf der Suche nach interessanten

Tiergeschichten haben die auf unserer Homepage ge-
stöbert und den ,,Fall" Gina gefunden ...
Ich habe denen die ganze traurige Gina-Geschichte
und das tolle Ende erzählt - die waren begeistert und
wollten mit uns drehen - über Gina. Unsere Gina -
ein Fernsehstar- das wäre gerecht gewesen. aber lei-
der ist es nun daran gescheitert, dass Sie in Sachsen-
Anhalt wohnen und die dürfen nur in Sachsen und
über Sachsen berichten. So ein Mist ...
Aber es gibt wohl auch einen Sachsen-Anhalt-Spiegel
- sie will zumindest ihre Koll. informieren, vielleicht
haben die Interesse. Sie hätten doch sicher nichts da-
gegen gehabt, mit Gina als Star im Fernesehsender
zu glänzen. Es ging hier hauptsächlich um die Men-
schen, die so etwas liebes tun.
Eine Lösung gibt es noch: Sie müssen nach Sach-
sen umziehen - aber noch diese Woche ... (kleiner
Scherz)
So, das musste ich los werden.
Viele Grüße
Tierheim Tante Eva Becher

Und das hat mein Frauchen geantwortet:

Liebe Frau Becher,
danke für Ihre Nachricht. Zuerst durchfuhr mich ein
riesiger Schreck und dann Erleichterung. Fernsehen,
das passiert einem ja nicht alle Tage. Aber Sie ha-
ben Recht, Gina hat es verdient. Vielleicht, wenn

ich ganz mutig bin, wende ich mich noch mal selber an den MDR-Sachsen-Anhalt. Zumindest hat die Nachricht es vollbracht, dass ich meine momentane Schreibblockade überwunden habe. Es geht hurtig weiter mit Ginas Ausflug ins Borderliner-Land. Gina ist wirklich etwas ganz besonderes. Kind, Mensch (man betrachte die Reihenfolge), Gefährte, Schriftsteller, Gedankenübermittler, Lebensretter, Freund, Therapeut, Mops. Und eben dabei noch Hund geblieben. Gina durchschaut die Menschen und hat trotz allem das Vertrauen in die Menschen nicht verloren. Eine Superleistung, wenn Sie mich fragen. Wie vielen von uns Menschen ist das Vertrauen in die eigene Spezies verlorengegangen. Hochachtung vor dem kleinen Mops! Dabei waren so viele Leute davon überzeugt, dass es menschlicher gewesen wäre, Gina wäre eingeschläfert worden. Ja, es wäre wirklich „menschlich" gewesen. Da möchte man lieber Mops sein. Mit man meine ich mich und hoffentlich noch ein paar verrückte Weltverbesserer. Aber Sie gehören dazu und ich bin froh, dass ich Sie kennenlernen durfte dank Gina.
Ich grüße Sie herzlich,
Ihre Simone Nic und Mopseklops Gina

Himmelhoch jauchzend –
zu Tode betrübt
oder: Ich bin ein Teenager

Juhu, mir wachsen Haare am Bauch. Zwar ist es erst ein leichter Flaum aber vereinzelte Härchen sind schon einen Zentimeter lang. Nun sieht man mir die Räude bald bestimmt nicht mehr an. Bin ich nicht ein feines Hundchen!

„Du wirst wohl ein Teenager, Ginchen", hat Mutti zu mir gesagt, als sie mich heute morgen einer gründlichen Bürstenmassage nach dem Kämmen unterzog.

Zuerst dachte ich ja gleich das Schlimmste. TEE-NAGER, sind das nicht die Schweinis, ich meine die Meerschweinchen. Und die fressen nur Tee? Gibt's ab jetzt wohl dann auch nur noch für mich? Um diesen Preis will ich die Haare auf dem Bauch nicht! Pfui Teufel.

Muttis Große wollte das auch nicht werden, ich meine Teenager. Sie versteckte ihre sprießende Brust unter weiten Pullovern. So hießen früher die T-Shirts. Ihre Binden, die sie dann ja auch ab und zu brauchte, warf sie aus dem Fenster. Keiner sollte merken, dass sie die Schwelle vom Kind zur Frau überschritt.

Das merkten aber doch einige. Und zwar die Untermieter. Bei denen lag eines Tages eine benutzte Monatsbinde auf dem Fensterbrett. Da muss Anke vierzehn gewesen sein.

Halt mal! Vierzehn! Ich bin aber schon fünf mal sieben Jahre alt, also fünfunddreißig. Und die Anke hat auch keinen Tee nagen müssen, wenn sie auch so furchtbar dünn war damals!

Ach, das Englische! Sie wissen sicher schon längst, dass ich mich da mächtig vergaloppiert habe mit der Annahme, Teenager müssen Tee fressen. Alles klar, lachen Sie nur. Dafür wächst Ihnen aber kein Fell am Bauch. Jedenfalls nicht so viel wie bei mir. Ich bin eben doch ein feines Hundchen.

Anke kam dann bald weg von zu Hause. Sie war sechzehn und sollte etwas Gescheites lernen.

Zum Beispiel, dass man die Zwiebeln vorher zerschnippelt, ehe man sie an die Bratkartoffeln gibt oder dass man die gekochten Eier nicht mit ,,hu, huu!" erschreckt. Es heißt ja auch nicht Eier erschrecken sondern abschrecken. Abschreckend sah Muttis Große auch mal aus. Da musste ihr Mutti die Haare scheren, weil die Pickel von den Windpocken nach innen aufgingen. Jedenfalls ging Anke nach dem Westen in die Lehre. Oder besser, sie wurde gegangen. Anke wollte nicht weg von zu Hause. Da verstehe ich sie wirklich voll und ganz. Es ging aber nicht anders, da nach der Wende die Ausbildungsplätze im Osten mehr als knapp waren. So brachte Vati das Mädchen in ein großes Hotel im Westerwald. Dort erlernte Anke den Beruf einer Hotelfachfrau. Sollte sie zumindest. Aber wie das so ist, als Teenager, denn das war sie im Laufe der Zeit geworden. Der

Chef des Hauses nutzte die Mädchen furchtbar aus und gönnte ihnen keine freie Minute. Das durfte er auch, weil sie im Hause wohnten. Sicher gab es auch schöne Stunden. Sie trank heimlich mit den anderen Azubis nackt Sekt im Pool, durfte ganz allein ein Zweitobjekt vorbereiten und betreuen und lernte Ihre damals große Liebe kennen, die dann doch nicht so groß war.

Von einer Hölle
in die andere

Jedenfalls bekam meine Familie nach einiger Zeit ein Telegramm vom Hotelchef in dem stand, dass sich unsere Große herumtreiben würde und der Arbeit fernbliebe.

Fast gleichzeitig kam eine Nachricht, wo und bei wem Anke zu erreichen wäre und dass wir zuerst mit der Familie, die Anke aufgenommen hatte, sprechen sollten.

Eigentlich kann ich gar nicht wir sagen, denn damals war an mich ja noch gar nicht zu denken. Aber ich fühle mich so mit meiner Familie verbunden und Mutti hat mir alles so echt übermittelt, dass es mir vorkommt, als wäre ich dabei gewesen.

Doch nun weiter mit der Geschichte.

Mutti und Vati machten sich auf in den Westerwald. Sie suchten die Familie auf, bei der Anke untergekommen war. Es waren die Eltern des Freundes. Recht einfache Leute, die Anke aber sehr mochten. Anke hatte es einfach bei dem Ausbeuter im Hotel nicht mehr ausgehalten und das mit dem Herumtreiben war natürlich Quatsch. Die Ausbildungsstelle war futsch. Vati und die Großfamilie, die selbstverständlich informiert war, bestanden darauf, dass die Eltern Anke sofort wieder mit nach Hause nehmen sollten. Doch das wollte das Mädchen nicht, weil sie in Marco verliebt war. Mutti setzte sich diesmal so konsequent durch gegen IHN und den ganzen Clan. Vielleicht ließ sie IHM gegenüber auch durchblicken, dass ER gar nichts zu bestimmen habe, weil es ja nur ihre Tochter war. Sicher spielte auch eine nicht unerhebliche Rolle, dass es gerade nicht so ausgezeichnet in ihrer beider Ehe lief. Mutti teilte Anke jedenfalls sehr bestimmt mit, dass sie im Westen bleiben dürfe, wenn sie innerhalb von 14 Tagen eine neue Lehrstelle, ein Zimmer mit Mietvertrag und alle nötigen Versicherungen usw. hätte. Und Anke packte es mit der Hilfe dieser Leute, alles unter Dach und Fach zu bekommen. Auf dem dortigen Arbeitsamt tat sie den Beamten sehr leid. Die sagten ihr, dass dieser Hotelbesitzer schon lange keine Auszubildenden von ihnen vermittelt bekäme auf Grund der Zustände, die dort herrschten. Sie durfte sich eine neue Ausbildungsstelle sogar aussuchen und hatte wiederum großes Glück. Bürokauffrau für Kommunikation sollte sie werden. So ein langes Wort. Aber Stefan sagt, man kann auch Tippse dazu sagen. Was das nun wieder ist. Kann ich mir in meinem kleinen Hundekopf gar nicht vorstellen.

Jedenfalls bekam Anke einen ganz tollen Dienstherren, der sich auch darum kümmerte, dass der Hotelbesitzer nach und nach alle Papiere und Akten herausrückte, die Anke brauchte und die er zurückgehalten hatte. Anke war glücklich und Mutti auch. Endlich konnte ihre Große ein besseres Leben führen ohne

Zank und Streit und in Liebe. So dachte mein Frauchen. Bei ihr zu Hause war so ein Leben zu dieser Zeit nicht möglich. Keine Ahnung, warum Frauchens Liebe zu IHM und SEINE Liebe zu ihr zu dieser Zeit nicht reichte, um so einen Zustand auch für die Kinder zu erreichen, den sie ihrer Anke so sehr wünschte.

Einmal kamen Anke und ihr Freund mit seinem Auto zu Besuch. Natürlich wurde er auch gleich der Großfamilie vorgeführt. Weil der Freund und Mutti, warum auch immer, sich nicht so wohl fühlten im Kreise der Großfamilie beschloss man, dass sie schon nach W. vorfahren sollten. Die anderen Kinder kämen mit Vati etwas später nach.

Auf dieser Fahrt mit Ankes Freund kamen Mutti die ersten großen Zweifel, ob es dieser Mann ist, den sie sich für ihre Tochter wünschte.

Er erzählte die ganze Zeit von sich, seinen Erlebnissen mit älteren Frauen und so etwas. In W. bot er Mutti seine Hilfe an. Die Balkontür klemmte immer etwas und es bedurfte einigen Geschicks und Kraft, die Tür zu schließen. Statt gegen den Türrahmen zu drücken unten mit dem Fuß, trat er mit ganzer Kraft gegen die Scheibe. Die ging zu Bruch. Da war er gleich bei Vati unten durch, wie man so schön sagt.

Zu Ankes Geburtstag sollte es noch heftiger werden. Mutti fuhr mit den größeren Kindern rüber in den Westerwald. Sie nahmen einen Wellensittich mit, den Mutti gezähmt hatte. Ein komisches Vieh. Die ganze Fahrt über hing er kopfüber im Käfig und ließ sich immer nach einer Weile auf den Käfigboden herunterfallen. Es schien ihm Spaß zu machen, auch wenn er jedes Mal auf den Rücken fiel. Das hätte Frauchen eigentlich schon stutzig machen sollen. Sonst bemerkte sie doch solche Zeichen und brachte sie gefühlsmäßig zur richtigen Vorahnung. Doch dieses Mal nicht.

Im Hause der Familie, die Anke aufgenommen hatte, war man schon tüchtig am werkeln, wurde doch der Geburtstag als willkommener Anlass genommen wieder mal so richtig die Sau rauszulassen. Obwohl Schweine gab es dort nicht, jedenfalls keine tierischen. Nur jede Menge Katzen und noch mehr Katzenscheiße, jedenfalls auf der Terrasse. (Dort wollte man aber so wie so nicht feiern, war zu kalt.) In der Küche war weniger. Ich meine nicht die Kälte.

Beim Schneiden der Kartoffeln für den Kartoffelsalat fiel Rosi, so heißt die Mutter von Ankes Freund, eine Kartoffel runter. Schwupps bückte sie sich und schnitt sie weiter auf in den Salat. Ohne Rücksicht auf Verluste. Für meine Leute war es dann wahrlich kein Verlust, den Salat am Abend nicht zu essen. Zwischendurch kamen dann noch andere Leute an. Ein Ehepaar aus der ehemaligen DDR. Die hatten sich mit dem bösen Westen arrangiert, arbeiteten unter der Woche mehr als 12 Stunden täglich und mussten dann an den Wochenenden immer so richtig abfeiern um den ganzen Arbeitsstress zu vergessen. Zum Abfeiern besuchten sie dann oft diese Familie. Die wären zwar weit unter ihrem Niveau aber zu Hause müsse man sich doch gesittet benehmen und hier würden irgendwelche Eskapaden möglich sein. Man brauche zum Entspannen so eine niedere Atmosphäre.

Und die niedere Atmosphäre füllte die Räume. Alles soff. Der Herr des Hauses, Rudi, hatte schon den Kanal voll. Indessen tanzte Rosi mit dem Gast eng umschlungen, er nur in Unterwäsche, lange graue Unterhosen, nach Musik aus der überdimensionalen Stereoanlage, Rudis ganzer Stolz. Die gehörte ihm zwar noch nicht aber irgendwann würde man sie schon mal abbezahlen. Mutti wusste gar nicht, wo sie hingucken sollte. Plötzlich gab es einen Rums und Rosie saß mit ihrem Galan im Blumentopf. So schön schien es sich unter Palmen aber doch nicht zu sitzen oder lag es an Rosis Gewicht oder der Enge im Topf, jedenfalls bemühten sich beide wieder aus dieser unglücklichen Lage herauszukommen. Indes es gelang ihnen nicht, wie auch im richtigen Leben.

Später wurde es noch turbulenter. Mutti und Kinder hatten sich zurückgezogen und wollten schlafen. Alle waren im Haus verteilt untergebracht als plötzlich ein riesen Krach und Geschrei ausbrach. Im Dunkeln versuchte sich Mutti zurechtzufinden ohne selber gefunden zu werden und bemühte sich, die Ihren einzusammeln. Das gelang ihr dann auch, denn die Kinder hatten sich ihrerseits voller Angst im Dunkeln auf die Suche gemacht. Noch war man in der unteren Küche, die mehr als Vorratsraum galt, als das Geschrei der wilden Horde auf sie zu kam. Mutti und die Kinder drückten sich schnell in einen Mauervorsprung neben dem Kühlschrank um nicht bemerkt zu werden. Da riss auch schon einer die Kühlschranktür auf und verteilte die Fleischscheiben, die am nächsten Tag als Schnitzel in die Pfanne wandern sollten, auf die blauen Augen der Schreienden. Ob das geholfen hat und ob das Fleisch am nächsten Tag noch gute Schnitzel abgegeben hat, erfuhr Frauchen nicht mehr. Nach einer Nacht zu fünft oder sechst (so genau kann sich Mutti nicht mehr erinnern und es war ja auch dunkel), in einem Bett in einem Verschlag hinter einem kleinen Klo mit unverschließbarer Brettertür, voller Angst zitternd und kein Auge zumachend fuhr Mutti mit den Kindern in der vierten Stunde heimlich wieder ab nach Hause. Anke blieb dort. Sie wollte es so. Und Mutti dachte: ,,Jetzt habe ich mein Mädchen von einer Hölle in die andere gebracht." Dabei liefen ihr die Tränen übers Gesicht. Und doch war sie der Familie unendlich dankbar dafür, dass sie sich Ankes in einer schweren Zeit angenommen und ihr beigestanden hatten. Diese Geschichte erfuhr Vati erst so nach und nach und in Gänze erst in der letzten Zeit. Denn heute kann man nur noch darüber lachen. So ein bisschen jedenfalls.

Rudi ist tot und die Miezie hat Junge bekommen

Anke hat angerufen. Der Rudi ist tot. Todgesoffen?

Mutti sieht ihn noch vor sich sitzen. Etwas klein und mickerig ist er in ihrer Erinnerung. Hat immer noch die Bierflasche in der Hand und das T-Shirt und den Schal von Dortmund an.

Dabei trank er doch in den letzten Jahren nur noch alkoholfrei. Da machte ihm der Zucker schon zu schaffen. Zweimal ist er überfahren worden, ein Bein hatten die Ärzte ihm schon abgenommen und sie sagten ihm schon vor zehn Jahren, dass er nur noch Monate zu leben habe.

Aber Rudi und Rosi lebten ihr Leben und sie hatten es meist schwerer als die anderen. Trotzdem waren sie für die anderen da. So wie für Muttis Große. Die Anke. Mutti ist traurig.

Soll sie doch an die Geschichte mit dem überfahrenen Rudi

denken und nicht an den toten Rudi.

Anke wohnte damals bei Rudi und Rosi. Immer noch in dem Verschlag neben dem Klo. Doch jetzt war sie mit Gerhard, dem Cousin von Marco zusammen. Den hat sie später auch geheiratet. Eines Nachts gab es wieder mal großes Geschrei und die Türen und Fenster knallten. Marco stürzte auf den Hof, hin zu seinem Auto. Rudi hinterher. Marco war schneller, startete sein Auto, fuhr rückwärts und über Rudi, den er nicht gesehen hatte. Dann Vorwärtsgang, wieder über Rudi und weg. Nur weg.

Doch Rudi war auch ein Stehaufmännchen. Und so ging das Leben halt irgendwie weiter. Mutti sagt, der Alkohol und der Zucker haben Rudis Körper aufgefressen. Kann ich mir gar nicht vorstellen, der Zucker wird doch gefressen. Und der schmeckt doch so herrlich süüüüüüüß. Aber es wird wohl schon so gewesen sein.

Ob das erste Bein vom Rudi süß war und die Ärzte es deshalb haben wollten? Muss wohl so sein, denn jetzt vor Kurzem haben sie sich ja Rudis zweites Bein auch abgeschnitten.

Solche Kannibalen! Der Rudi hat es wohl relativ gut überstanden und Rosi hatte schon eine Firma beauftragt einen Lift ins Haus einzubauen, weil er ja ohne seine süßen Beine keine Stufen mehr steigen kann. Und dann ist Rosi nur kurz weggefahren und dann war Rudi tot.

So allein möchte ich mal nicht in den Hundehimmel gehen. Da wünsche ich mir, dass mich Mutti im Arm hält. Hat sich der Rudi bestimmt auch gedacht, als er gehen musste. Er verblutete.

Nun gibt es auf diese Welt keinen Rudi mehr. So einen gibts nicht noch mal, sagt Mutti.

Aber dafür zwei Katzen mehr. Trixi hat Junge gekriegt. Damit hat sie gewartet, bis Mutti im Krankenhaus war. Als Herrchen von Arbeit kam ging's so richtig los. Drei waren es und Vati hat dann mit Christine sauber gemacht. Hätte ich ihm gar nicht zugetraut. Dem kleinen roten Katerchen ging es gleich nach der Geburt nicht so gut. War auch der mickerigste von allen.

Der ist nun bei Rudi im Katzenhimmel. Da sind sie nicht so allein, wenn sie sich haben. Rudi mochte Katzen. Katzen, Kinder und Menschen. Auch wenn er mit den letzteren wenig Glück hatte.

Die übriggebliebenen sind schwarz-weiß. Katerchen und Miezie. Richtige Namen soll ihnen Anke geben, wenn sie sie zu sich nimmt. Da können die kleinen Quirlequietsche, wie sie Mutti auch nennt, eine richtige Dampflok sehen. Und das täglich gleich mehrmals.

Anke will mit ihrem Sohn und ihrem neuen Freund in einen stillgelegten Bahnhof ziehen. Den bauen sie gerade aus. Und vom Stubenfenster aus sehen sie dann alle acht auf die Harzer Schmalspurbahn, die dort wendet. Ja, ja die Anke, die doch immer nur ein Kind haben wollte, hat nun eine Großfamilie. Ihr neuer Freund hat schon drei Kinder. Wo die Liebe eben so hinfällt.

Trixis Liebe muss zu mir gefallen sein. Bringt die doch letztens ihre ganze Rasselbande an, hält mich mit ihren beiden Tatzen ganz zärtlich am Kopf fest, küsst mich und maunzt mir was ins Ohr. Habe ich bloß nicht so richtig verstanden.

Na jedenfalls war sie dann verschwunden und ich saß mit den zwei kleinen Rackern da.

Das Katerchen wird langsam größenwahnsinnig! Fängt es doch gestern an, an meiner Brust zu nuckeln. Ein bisschen unheimlich ist mir das Ganze schon. Und es macht mich traurig, dass ich meine eigenen Kinderchen nicht hier auf dieser Welt behalten konnte. Ob Rudi auch kleine Hundchen mag?

Nachwort 1

Bis dahin also unsere gemeinsame Geschichte. Sie lässt viel offen und Sie möchten gerne wissen, wie es so weiter geht mit mir, der Gina, und meinem Frauchen?

Seien Sie beruhigt, es wird einen zweiten Teil geben.Vielleicht wieder in dieser Form, ein Buch für Erwachsene und gleichzeitig eines für Kinder. Also nach dem gleichen Konzept, wie dieses hier.

Da würde das erste Kapitel des Erwachsenenbuches so aussehen können:

Fluch und Segen einer Fremdsprache

Ich, die Gina, bin ein Genie. Ein Sprachgenie. In der Menschensprache kann ich schon das Wort Aaangssst. Was es bedeutet, weiß ich gar nicht so genau. Es ist aber ein wunderbares Wort. Immer wenn ich aufwache und mich strecke, versuche ich es aus meiner Kehle herauszupressen. Und dann kommt Frauchen schon angestürzt. Sie knuddelt mich dann und drückt mich ganz lieb. Am liebsten würde ich das Wort dann noch einmal herausquetschen. Aber wie gesagt, das gelingt mir bloß gleich nach dem Aufwachen mit der ganzen Körperstreckung.

Auch kann ich jetzt schon so einigermaßen Hündisch. Das Anknurren aus tiefstem Herzen oder besser gesagt aus dickstem Bauch klingt in meinen Ohren schon recht gefährlich.

Leider finden das die Katzenjungen gar nicht. Diese unmögliche Bande macht sich nichts daraus und piesackt mich weiter. Das heißt, eigentlich wollen die ja nur spielen. Aber denen ihre wilden Spiele gehen mir mächtig auf die Nerven. Ich spiele lieber mit Mutti. Dabei rolle ich mich immer in den Läufer im Vorbau ein und rufe mein Frauchen dann mit Ch, Ch, Ch.

Die versteht dann auch immer gleich was ich will und knuddelt dann ganz toll mit mir herum. Und nicht mal schimpfen tut die mit mir, weil doch der Läufer ganz verrutscht. Das Ding müsste eigentlich Verrutscher und nicht Läufer heißen. Laufen tut das Ding ja gar nicht!

Manchmal zwicke ich vor lauter Übermut zu sehr zu. Wenn mein Frauchen dann Au ruft, bin ich immer so sehr erschrocken, dass ich mich nicht getraue weiter zu spielen. Mutti tröstet mich dann mit Streicheleinheiten. Das ist noch viel schöner als spielen. Da kommt mir doch so eine Idee ...

Ach nein, Zwacken einfach so darf man ja nicht.

Auch kann ich schon ganz gut bellen. Nicht mehr bloß Rrwuff oder so. Nein, richtig Wrrrau! Nur die Tonhöhe kriege ich noch nicht so richtig hin. Klingt noch ein bisschen quietschig. Aber wenn ich mich dabei so richtig groß mache und den Kopf ganz nach oben strecke und ganz steif voran tripple ist das schon mächtig gewaltig. Mutti sagt dann immer Fräulein Wichtig zu mir. Für mich bedeutet das was Gutes und ich bin immer richtig stolz darauf, dass ich mein Frauchen beschützen konnte. Wovor ich es beschütze? Mein Gott, das weiß ich doch nicht. Ich weiß nur, dass irgendwas los ist, wenn Schäferhund Anja bellt. Na und dann renne ich eben raus und belle auf dem oberen Treppenabsatz. Muss schon ganz toll aussehen, denn Mutti lobt mich dann immer.

Fräulein Wichtig ist aber nicht immer schon was Gutes gewesen. Ganz im Stillen hat Frauchen das zu ihrer Schwiema gesagt, wenn die sich bei vielem zu Wort gemeldet hat. Dabei ist gemeldet nicht der richtige Ausdruck, denn den Finger gehoben hat die nie, sondern immer gleich ihre Meinung kundgetan. Und 'ne Meinung war das auch oft nicht, sondern Gesetz.

Jede Nichtigkeit musste kommentiert werden. Das sind die Gene, sagt Mutti immer. Der ganze Clan ist so. Leider hat auch Tine ein paar dieser Gene abbekommen. Am Schlimmsten ist die Berliner Tante. Mutti hat immer das Gefühl, die kontrolliert erst mal alles, wenn sie zu Besuch kommt.

Schwiema hat gemacht, dass ich jetzt mit meinem Frauchen zusammen bin. Ich meine nicht Frauchens Schwiegermama, für die der Name eigentlich steht. Ich meine den dicken Budda aus Holz, den Herrchen von einer langjährigen Freundin aus Vietnam geschenkt bekommen hat. Der sieht nämlich genau so aus wie Frauchens Schwiegermutter. Deshalb hat er auch den Namen bekommen. Frauchen ist immer mächtig eifersüchtig auf diese Vietnamesin. Schon immer gewesen. Das war mal eine Freundin von Herrchen als der noch ganz jung war. Von dieser vietnamesischen Frau wurde im Hause der Schwiema immer in den höchsten Tönen geschwärmt. Und nachdem die Schwiema Mutti beruhigen wollte und ihr gesagt hatte, dass das mit Herrchens ersten Verlobten nur körperliche Anziehung gewesen sei, weil die doch so sexy aussah und Herrchen ihr dann beteuerte mit der Vietnamesin sei nie etwas in dieser Hinsicht gewesen, kam sich Mutti ziemlich verloren vor. Mit beiden Frauen konnte sie nicht mithalten. Sie war weder sexy noch eine echte bewundernswerte Freundin ohne Sex, hatte sie doch mit IHM gleich beim zweiten Treffen geschlafen. So wuchs in ihr die Eifersucht. Es tat verdammt weh. Und neuerdings kamen da Briefe aus Vietnam und nun noch der Budda. Der vorletzte Brief hatte sie etwas beruhigt. Da war ein Bild drin. Herrchen suchte auf dem Foto das Gesicht seiner heißverehrten vietnamesischen Freundin. Und fand es nicht. Die Hübsche im Vordergrund, könnte es ja sein, aber war wohl etwas zu jung, man war ja älter geworden. Und Vietnamesinnen altern schnell, sagte ER. Und das andere, das alte vergrämte Gesicht war es dann auch. Mutti empfand Mitleid.

Die Erinnerung wollte sie IHM niemals mehr nehmen. Und der Budda sollte zu Ehren kommen. Sie gestaltete einen kleinen Schrein auf dem Vertiko mit Aufsatz. Den Budda wollte sie ganz für sich annehmen. Er bekam Schwiemas Namen und sollte ihr helfen, mich zu bekommen. Täglich mehrmals streichelte sie seinen Bauch und sprach zu ihm über ihren größten Wunsch, mich zu bekommen. Und es hat geklappt. Heute streichelt Frauchen mehr meinen Bauch, sie hat mich ja nun. Aber Budda lächelt sie immer an, wenn sie an ihm vorbeigeht.

Nicht nur gelächelt sondern laut, wenn auch ungläubig, hat mein Frauchen gelacht, als ich sie vom oberen Treppenabsatz letztens mit Rrrmmiiaauuuuu begrüßt habe. Sie hat auch nicht geschimpft: ,,Halts Maul, Katze!". Das rutscht ihr manchmal raus, wenn Katze Trixi wieder mal keine Ruhe gibt. Frauchen musste staunend anerkennen, dass ich jetzt auch Kätzisch kann. Natürlich hat mir Trixi unabsichtlich geholfen. Der ihr Geschreie und Gemiaue nach ihren zwei Katzenkindern und das Geschrei nach Mutti, um Fressen zu bekommen oder dass die Tür geöffnet wird. Und das tagtäglich, auch nachtnächtlich. Da habe ich es eben auch mal probiert. Außerdem hat mich Trixi dazu verpflichtet, auf ihre Kinder aufzupassen, wenn sie sich mit Katern in der Nacht herumtreibt. Da muss ich doch ihre Sprache sprechen, dass mich die Kleinen verstehen. Aber ganz schön anstrengend das Ganze.

Dabei hat das die Trixi schlau eingefädelt. Zuerst hat sie mich ja gar nicht an die Kätzchen herangelassen, wo ich doch so neugierig war. Als es ihr aber dann doch zu anstrengend wurde und sie den Drang verspürte, unbeschwert draußen herum zu streunen, kam sie zu mir, ging mir freundlich schnurrend um meinen Bart und rief dann ihre Jungen. Die kamen auch gleich angerannt, auf ihre Mutter hören sie ja noch einigermaßen. Ich ahnte gleich, dass ich sie adoptieren sollte und zog mich ob der großen Verantwortung langsam rückwärts zurück. Da hatte ich aber die Rechnung ohne die Katzen gemacht. Trixi hielt mein Mopsgesicht mit beiden Pfoten plötzlich ganz zärtlich aber auch fest umfangen und die zwei kleinen Katzenbälger tapsten lustig unter meinen Bauch. Dann bekam ich noch einen dicken Katzenkuss von Trixi und der Pakt schien für die ausgebuffte Katze besiegelt.

Nun bin ich eben ein miauender Klopsemops. Das hat man nun von seinen Fremdsprachenkenntnissen. Frauchen kann auch Fremdsprachen. Sie macht die Vögel nach, die ihr dann antworten oder die Schafe und Ziegen im Nutztiergarten. Hab ich selber gehört. Ich darf jetzt nämlich manchmal immer mit, wenn die Familie mit dem Auto irgendwo hin fährt zu einem Ausflug. Dabei fliegt aber keiner, das heißt nur so.

Aber Frauchen kann auch sprechen wie die Leute aus einem anderen Land. Russisch.

Da durfte sie zu DDR-Zeiten auch mal in das fremde Land fliegen. Mutti dachte als Auszeichnung und war mächtig stolz.

Sie schlief im Hotel in Moskau mit einer Schuldirektorin zusammen in einem Zimmer. Das ist so, erklärte ihr die Direktorin, weil ihr Mann sich in der letzten Minute entschlossen hatte, doch nicht mitzufahren. So sei eben in ihrem Zimmer noch ein Platz frei gewesen. Aus war's mit dem Stolz auf die Anerkennung ihrer Arbeit. Mutti war aber nicht lange sauer. Auf wen auch. Die anderen mitreisenden Ausgezeichneten brauchten Mutti nämlich zum Übersetzen. Das klappte auch recht gut. Mutti hat in dieser Zeit sogar auf russisch geträumt. Mehr noch enttäuschte sie und rüttelte an den Grundfesten ihrer roten Erziehung und klassenbewussten Einstellung, dass auf dem Markt Matrjoschkas feilgeboten wurden für sechs Mark. Dass die keine Rubel wollten, verwunderte Mutti. Und so billig! Matrjoschkas bekam Mutti dann doch nicht. Sie hatte nur DDR-Mark und das waren die falschen Marks. Die wollten die Klassenbrüder nicht. Scheiß Russ ...

Aber das sagt man ja nicht.

Mutti unterhält sich auch auf Kätzisch mit Trixi. Das klingt aber komisch. Trixi scheint es aber ganz toll zu finden und vergilt es mit großer Dankbarkeit und Beschützerinstinkt. Selber mal fremd zu sprechen ist aber unter ihrer Würde. Oder vielleicht kommt es davon, dass Trixi immer mein Hundefutter frisst. Jedenfalls ist sie eine richtige Kami-katze. Oder besser noch Kampfkatze, so wie es auch Kampfhunde gibt. Jetzt habe ich glaube ich wieder mal was verwechselt. Das heißt doch Kamikaze. Na jedenfalls gehen wir, Mutti, Trixi und ich spazieren und Mutti sieht ein ganzes Stück weiter vorn den Jagdhund Felix mit seinem Herrchen. Felix ist zwar schon etwas älter aber noch Jagdhund durch und durch. Etwa so groß wie Anja unsere

Schäferhündin. Die mag er auch sehr. Nur Katzen nicht. Das hat die Mutti auch gleich der Trixi gesagt und gemeint, sie solle durch die Gärten gehen, wo sie Felix nicht erwischen kann. Und da muss nun die Trixi etwas falsch verstanden haben, oder der Kampfhund ging mit ihr durch. Sie plusterte sich auf und rannte fauchend, spuckend und schreiend auf den Felix zu. Ehe der sichs versah, hing sie ihm im Gesicht und ohrfeigte ihn. Felix nahm seine Jagdhundbeine in die Hand und sauste davon in den Wald. Und Trixi hinterher. Mal verbiss sie sich in seinen Hinterläufen, mal sprang sie ihm auf den Buckel und biss ihn ins Ohr. Dann jagte sie ihn durch den ganzen Wald. Bin ich froh, dass ich Kätzisch kann. Mich hätte die tot gemacht. Davor hatte Felix bestimmt auch Angst und er rannte zu seinem Herrchen. Das konnte Trixi in ihrer Wut jedoch nicht stoppen. Man hatte den Eindruck der Hund war um mindestens die Hälfte kleiner geworden und Trixi auf die Größe eines halbwüchsigen Luchses angewachsen. Mutti getraute sich auch nicht dem Treiben Einhalt zu gebieten. Gar zu furchteinflößend sah die Katze aus. Eine richtige Furie! Und erst ihr Geschrei! Da fasste sich Felix' Herrchen ein Herz und wollte Trixi mit seinem Einkaufsbeutel verscheuchen. Da hatte er aber die Rechnung ohne die Katze gemacht. Die ließ zwar vom Hund ab, aber nur um nun den Mann anzugreifen. Irgendwie gelang es dem Mann mit seinem Hund die Flucht zu ergreifen und Mutti zog mich in die Nebenstraße und rief Trixi. Die wollte aber nicht locker lassen und war schon auf dem Sprung, um Mann und Hund zu verfolgen. Irgendwie gelang es Mutti, ihr mit dem Stock den Weg zu versperren. Noch ein wütender Schrei von Trixi und dann schrumpfte sie wieder auf ihre normale Größe.

Trixi wartete noch etwas an der Ecke, dass Hund und Mann auch ja nicht wiederkommen. Dann umstrich sie laut schnurrend Muttis Füße und warf sich vor ihr nieder. In ihren Augen war zu lesen, na bin ich nicht toll, habe ich euch nicht prima beschützt! Doch das kriegte ich gar nicht richtig mit, kann doch nichts sehen. Aber Mutti sah es und beugte sich über die Katze. Du hast uns aber fein beschützt, lobte sie die kleine Kampfmaschine und streichelte sie. Das war Trixi etwas zu wenig. Um sich noch mehr in den Vordergrund zu stellen und auch von mir die gebührende Anerkennung und Hochachtung zu erhalte, umkurvte sie uns, stellte sich vor mich hin und küsste mich voller Inbrunst. Trixi muss meine Sprache nicht lernen, ich verstehe sie auch so. Für mich ist es jedoch manchmal ein großer Segen, eine Fremdsprache zu können.

Nachwort 2

Es wäre allerdings auch denkbar, dass Ihr Kind jetzt lieber etwas anderes lesen möchte als meine Hundeerlebnisse. Oder Sie sind es leid, zwischen meinem „Senf", den ich hinzugebe und der Lebensgeschichte meines Frauchens hin und her zu springen, wie Frauchen es tut, wenn sie in ihr geliebtes Borderliner-Land abtriftet. – Ja, triftet sie überhaupt noch?

Eine andere Idee ist nämlich, dass Frauchen Teil 2 selbst schreibt. Denn mittlerweile hat sie eine erneute Therapie in einer Tagesklinik hinter sich gebracht. Und vielleicht hat dieser Aufenthalt es ja doch gebracht, dass sie mich jetzt nicht mehr so sehr braucht als Vermittler ihrer Gedanken. Wir dürfen also gespannt sein. Und seien auch Sie gespannt darauf, was uns das Leben noch alles so bringen wird.

Und vergessen Sie Ihre Gefühle nicht. Die Ihren nicht und noch weniger nicht die Gefühle Ihres Kindes.

Dann bis bald: **„Zurück im Borderliner-Land oder dicht daneben"**.

Man sieht sich ...

Ihre Gina,

der Mopsterrier ...